1

Verlag
TWENTYSIX – Der Self-Publisching-Verlag
Eine Kooperation zwischen der Verlagsgruppe Random House
und BoD – Books on Demand

Bibliografische Informationen der Deutschen Nationalbibliothek:
Die deutsche Nationalbibliothek verzeichnet diese Publikation in
der Deutschen Nationalbibliografie; detaillierte bibliografische
Daten sind im Internet über dnb.d-nb.de abrufbar

Herstellung und Verlag:
BoD – Books on Demand, Norderstedt

Copyright: Friedrich Schmidt

ISBN: 9783740747190

2

Der Inhalt des Romans ist
frei erfunden.
Namen, Orte und Begebenheiten sind zufällig.
Sollten Namen vorkommen die es gibt,
ist das zufällig.

Spannende Unterhaltung wünscht Ihnen -
Autor Friedrich Schmidt
Immerhin über 44000 Wörter...

Traum von Lisa – Sehnsucht nach Mallorca und Freiheit

Friedrich Schmidt

Roman

Inhalt und Mitwirkende:
Lisa Schneider – Hauptperson
Paul – Lisa´s Freund
Max, Kai, Uwe, Myra (Kai´s Freundin) – Freunde von Lisa
Irene und Markus Schneider – Eltern von Lisa
Silvia und Tina – Lisas spätere Freundinnen
Toni Marell – Lisas „Mann"
Carlos Refus – Agent/Manager von Toni
Herr Malisch – Gefängniswärter
Der nette Polizist... Herr Schmidt
Polizisten Künser und Wagner
Pflichtverteidiger Schulze
Richterin Meyer

Für alle diejenigen
die an meiner Seite sind.
Schön dass ihr da seid.

Tod oder Liebe – Lisa

Friedrich Schmidt
Geboren im glorreichen Jahr 1962 – in Saarbrücken
ist Maler und fing an für seine Kinder kleine
„Gutenachtgeschichten" zu schreiben.
Schnell entwickelte sich die Lust aufs Schreiben.
Siehe unten...

Bisher von Friedrich Schmidt erschienen

Weg ins Licht... und zurück
- 1999 im R.G. Fischer Verlag

Was war wird sein
2018 im Twentysix Verlag erschienen

Lemmy, ich brauch dich
Twentysix Verlag – 2019

und nun

Tod oder Liebe - Lisa

Prolog

Die Sonne ging auf und färbte den noch dunklen Himmel zusehends in ein helles Orange. Dieses Orange ging in ein wunderbares, blasses Blau über. Man konnte beobachten, wie die Sterne langsam verblassten, und das Licht der Sonne ihren Platz einnahmen. Mehr und mehr nahm das Schwarz der Nacht die Farbe des Tages an. Es würde ein schöner Tag werden. Juni war es, der elfte. Sommer, klare Luft, Sonntag. Eigentlich ein Grund zum freuen. Wie oft hatte es in den letzten Wochen geregnet? Quasi ununterbrochen! Und nun, endlich mal Sonnenstrahlen in meinem Mädchenzimmer. Ja, ich wohnte mit meinen neunzehn Jahren noch im Haus meiner Eltern am Rande der Stadt. Eigentlich war alles gut – eigentlich. Ich hatte die Lehre im April beendet und fand einen gut bezahlten Job bei der Gemeinde als Sachbearbeiterin. Es machte mir Spaß. Es sollte, wie Mama sagte, für ein hübsches Mädchen wie mich, keinen Grund zur Traurigkeit geben. Doch ich hatte mir die halbe Nacht wieder die Augen ausgeweint. Gegen zweiundzwanzig Uhr hatte ich mich in mein Bett gelegt und brauchte, wie seit Wochen schon, erst einmal zwei Stunden, bis ich einschlief. Weil mir alles wieder und wieder durch den Kopf ging, und ich keine Ruhe fand. Mal wieder. Wie seit dem Unfall von Paul. Mama hatte ja keine Ahnung. Sie konnte ihn auch nicht besonders gut leiden. Ihr war er zu wild. Nicht gut genug für mich. Sie fand, dass er „daneben" sei – was immer das auch heißen möge. Papa meinte auch, dass es ihm an Manieren gefehlt hätte. Nun, sie kannten ihn kaum. Wussten nicht wirklich wer er ist. Sahen nur sein Motorrad und seine Klamotten. Mein Gott: auf einem Motorrad hat man halt mal Lederkleidung an. Er hatte immer eines dieser Renn-Overalls an, schwarz mit weiß und orange. Quer über der breiten Brust die Aufschrift: New York Coup. Und man konnte, obwohl es sich um dickes Leder handelte, erkennen, dass sich darunter ein athletischer Körper verbarg. Und - sein sexy Po. Ja, der machte mich schon an. Ich muss zugeben, dass mein Blick, wenn er mir den Rücken zuwandte, immer auf seinem Po hängen blieb. Aber alles an ihm war toll. Das sah Mama wohl nicht. Mir gefiel jedenfalls alles an ihm. Sein markantes, männliches Gesicht mit dem eckigen Kinn. Der dichte Dreitagebart. Der dunkle Teint, welcher an einen wilden, zügellosen Zigeuner erinnerte. Die dunkelbraunen Augen, die in der Sonne blinkten wie schwarze Diamanten und voller Geheimnisse waren; jedenfalls schien es so. Die dunkelbraunen, fast schwarzen, halblangen Haare, die wild in jede Richtung wuchsen und kaum zu zähmen waren. Wie der ganze Mann kaum zu zügeln war. Er hatte Ausstrahlung und Kraft. Ja, ich muss es zugeben: er war genau mein Typ. Er hatte eine weiche und dennoch klare und starke Stimme. Mein Traumprinz. Einen, wie es ihn nur wenige Male auf der ganzen großen Welt gibt. Nichts, dass mir aufgefallen war, was nicht gestimmt hätte. Wenn meine dummen Eltern sich die Mühe gemacht hätten ihn mal näher kennenzulernen, hätten sie auch nicht so über ihn geurteilt. So oberflächlich. Sie hätten gesehen, dass er sehr wohl Manieren hat – sich liebevoll um mich gekümmert hat. Sie hätten weiß Gott genug Zeit gehabt sich ein richtiges Urteil zu machen. Ach, sie hätten ein ganz anderes Bild von ihm gehabt. Er war witzig und klug. Nichts von alledem sahen sie. Und dies, obwohl ich, seit meinem fünfzehnten Lebensjahr mit ihm zusammen war. Ja, er war meine Jugendliebe. Meine große Liebe. Im Moment konnte ich mir – nicht im entferntesten! - vorstellen, dass ich je wieder einen solchen, einen vollkommenen Mann, kennenlernen würde. Das wollte ich auch gar nicht. Sterben wollte ich – wie er. Ja, - was mir den Schlaf raubte und meine Nerven zerfetzte, war meine tiefe Liebe zu ihm. Mama und Papa, sie wussten das alles nicht. Glaubten an eine Jugendliebe, die sowieso irgendwann dahingeschmolzen wäre, wie Sahne-Eis in der Sommersonne. Sie hatten sich grundlegend geirrt. Von Mama hatte ich es erwartet. Sie hatte die Nase gerümpft, als sie ihn das erste Mal gesehen hatte. Bei Papa war das normalerweise anders. Er versuchte eigentlich stets an meiner Seite zu sein. Hielt immer zu mir. Außer bei Paul. Da redete er Mama in den Mund. Von ihm war ich mehr enttäuscht wie von Mama. Sie hatte sich nur getäuscht und hatte vielleicht auch nie richtig die Möglichkeit gehabt ihn mal näher kennenzulernen. Wir waren ja immer unterwegs. Immer auf Tour. Aber Papa! Er hatte immer nur abgenickt was Mama sagte – und dies, obwohl er Paul noch weniger kannte als Mama. Obwohl wir ab der neunten Klasse ein unzertrennliches Paar waren. Mir tat das weh und ich hasste ihn deswegen. Ich hasste sie Beide, weil sie so zu ihm waren, obwohl ihre Gefühle für Paul auf Vermutungen bestanden – und die waren auch noch falsch.

Nur in einem einzigen Punkt – unter Tausend! - da hatten sie Recht behalten:

„Er wird auf seinem rasenden Ding noch einmal umkommen!" - dies hatte Mama (und Papa hatte zugestimmt!) einmal gesagt...

Und verdammt nochmal: es war so!

Aus diesem Grund bin ich, nachdem ich, weit nach Mitternacht dann doch einen unruhigen Schlaf gefunden hatte, im Schlaf wieder aufgeschreckt. Durch den Traum den ich seit nun vier Wochen jede Nacht träume. Den Unfall. Ich sehe ihn in jedem Detail. Wir hatten kurz zuvor solchen Spaß. Wir waren raus aufs Land gefahren. Seine Kumpels waren alle dabei. Max, Kai und Uwe. Die Strecke, die sie ab und zu nutzten um ihre Bikes auszufahren, war eine einsame Landstraße, die kaum befahren war. Kurvenreich, aber gut zu fahren. Wir Mädchen machten auf einem Rastplatz Pause. Es war einer dieser Plätze wie es sie tausendfach in Deutschland gibt. Ein dunkler Holztisch mit zwei Sitzbänken rechts und links und daneben ein Abfalleimer, der permanent überfüllt war. Sie fuhren Rennen mit der Stoppuhr – jeder Einzeln. Dies erschien selbst diesen „harten Jungs" nicht zu gefährlich. Start und Ziel war der Rastplatz. Nacheinander fuhren sie eine Strecke bis zum Wendepunkt und wieder zurück. Und

ich stoppte die Zeit mit einer Stoppuhr. Im Nachhinein ist mir auch
klar, dass dies dummer Unfug war – aber verdammt: es war halt so.
Wir hatten das schon oft gemacht. Nie war was passiert. Einmal
gewann Kai, ein anderes Mal Paul, dann Uwe. Der Einzige, der nie
gewann war Max. Er traute sich wohl nicht den Gashahn vollends
aufzudrehen. War das nun feige oder klug? Heute würde ich sagen
klug. Davor sah ich das anders. Da war ich stolz auf meinen Paul.
Meistens war er es, der gewann. Mutig? Verwegen? Dumm? Dumm,
nein – draufgängerisch? Das muss ich – spätestens jetzt, bejahen.
Leider!

Jedenfalls war es ein sonniger Tag. Ganz so, wie heute der Tag,
hatte er begonnen. Sonnig und warm. Der neunte Mai. Dieser
Gedanke, dass der Tag ebenso schön war, wie es der heutige vom
Wetter her zu werden schien, führte dazu, dass ich die Augen schloss
und erneut die Szene vor mir sah.

Die langgezogene Kurve vor dem Rastplatz erlaubte hohe
Geschwindigkeiten. Als ich kurz zuvor das Geräusch seines
Motorrades hörte, schaute ich auf die Stoppuhr. Er hatte sich um
etwa drei Sekunden, gegenüber dem letzten Versuch gebessert. Er
würde mit weitem Abstand zu Kai heute das Rennen machen. Doch –
vor unseren Augen rutschte er weg. Das Hinterrad schien ihn
überholen zu wollen. Wir sprangen alle entsetzt auf. Myra, Kai's
Freundin schrie den gellendsten Schrei, wie ich ihn bis dahin noch
nie gehört hatte. Paul schlitterte über den Boden wie ein Stock, den
man im Winter über's Eis schmeißt. Wie in Zeitlupe sah ich, dass er
sich wie ein Kreisel um seine eigene Achse drehte und gleichzeitig
überschlug. Ein Baum bremste dann abrupt die Bewegung. Es tat
weh, wenn man nur hinsah. Und ja, ich glaubte zu hören, wie seine
Knochen brachen. Jedenfalls war der Zusammenprall mit dem Baum
ein unerklärliches, furchtbares Geräusch, dass ich wohl nie in
meinem Leben aus meinem Schädel bekommen werde. Das
Motorrad schlitterte hinterher, schlug Funken über dem Asphalt. Der
Außenspiegel brach in tausend Stücke. Der Seitenständer klappte

irgendwie heraus, was dazu führte, dass das Bike hochsprang. Als ob ein unsichtbares Trampolin im Boden wäre. Dann landete es auf Paul. Er stöhnte ein letztes Mal auf. Dann schienen seine Arme und Beine die Kraft zu verlieren. Sein Kopf fiel leicht zur Seite. Alles hing schlaff. Er atmete nicht mehr. Mit dem letzten Stöhnen hatte er das Leben ausgehaucht. Mit Gewalt versuchte ich die Augen nicht wieder zu öffnen. Damit ich den „Film" weitersah. Warum ich mir das antat? Ich wollte den Fehler sehen! Wissen, was falsch gelaufen war. Ein Stein auf der Straße? Ein herabgefallenes Blatt? Ein Rest Feuchtigkeit? Ich musste es wissen! Der Film im Halbschlaf lief weiter: noch immer flogen Splitter und irgendwelche Teile durch die Gegend. Rieselten alle in Richtung Paul und Motorrad. Blieben irgendwann alle liegen. Der aufgewirbelte Staub verflog und legte sich. Der letzte Rauch aus einem der Auspuffrohre löste sich wie von Zauberhand auf. Und es wurde ruhig. Selbst die Vögel, die bis dahin fröhlich zwitscherten, beendeten für Minuten ihren Gesang. So viele Dinge sah ich auf einmal. Versuchte es wieder und immer wieder zu sehen, um es zu verstehen. Es gelang mir bis heute nicht. Kai war als erster zu ihm gerannt. Myra weinte bitterlich. Ich selbst stand immer noch ungläubig mit offenem Mund da und konnte nicht glauben, was ich da mit eigenen Augen sah. Wie in Zement gegossen, war ich unfähig mich zu bewegen. Kein Laut kam über meine Lippen. Keine Träne lief über meine Wangen. Max, der scheinbar von allen am ruhigsten geblieben war, zückte das Handy und rief den Rettungsdienst. Das sah ich aus den Augenwinkeln, er stand rechts neben mir. Mir selbst ging die Luft aus. Es wurde dunkel. Ich wurde ohnmächtig, brach zusammen.

Und nun hatte ich, seit etwa vier Uhr, seit ich erwacht war, beobachtet, wie die Sonne aufging. Was früher einmal schöne Gefühle ausgelöst hatte, war gestorben. Die Tränen trockneten im Kissen und auf der Wange. Ich fühlte nichts mehr. Konnte mich zwicken. Schmerz? Nein. Nur im Kopf. Nicht der typische Kopfschmerz. Anders. Zermürbend. Ohne Luft.

Kapitel 1
Trauer

Das erste Mal hatte ich dieses Gefühl, als ob mir jemand die Luft
zum Atmen rauben würde, bereits bei der Beerdigung von Paul.
Nein, eigentlich bereits viel früher. Nämlich als der Krankenwagen
kam um Paul zu holen. Die Polizei kam kurz hinterher und sperrte
alles ab. Sie machten Striche auf den Boden und versuchten alles zu
rekonstruieren und befragten uns alle. Ich selbst konnte nicht reden.
Ich starrte nur vor mich hin und beobachtete wie die Sanitäter sich
um Paul kümmerten. Als sie ihn dann auf die Liege legten und ihn in
den Krankenwagen schoben, hatte er wohl noch Puls. Es hielt mich
nun nicht mehr – ich löste mich schreiend und weinend aus meiner
Starre und rannte zu ihm. Ich drückte einen Helfer zur Seite. Ich warf
mich auf Paul. Mit dem Kopf auf seinen Beinen weinte ich. Rotz lief
mir aus der Nase. Ich wischte es weg so gut ich konnte. Ich wollte
ihn nicht besudeln. Am liebsten hätte ich mit den Fäusten schreiend
auf seinen Bauch getrommelt. Ja, ich war auch wütend auf ihn in
dem Moment. Wäre es so schlimm gewesen, mal als Zweiter durch's
Ziel zu rasen? Musste er mich – für zwei Sekunden Vorsprung alleine
lassen? Zurücklassen auf einer Erde in die ich in der Sekunde am
liebsten versunken wäre? So viel Gefühl umgab mich. So viele
Gedanken im Kopf – WARUM? - war die Hauptfrage! Unsere Liebe.
Sie lag im Krankenwagen. Tod. Die Sanitäter schoben mich zur Seite
und fühlten erneut seinen Puls... nichts mehr! Die Liebe beerdigt. Sie
riefen den Leichenwagen. Dorthin wurde er später umgebettet. Ich
musste zusehen, wie er für immer aus meinem Leben entschwand.

Die Beerdigung

Ja, unsere Liebe war Tot. Würde gleich mit Erde bedeckt werden.

Ich war alleine. Zurückgelassen. Ich konnte nicht hin. Konnte mir das nicht ansehen. Ich würde das nicht überstehen. Wollte der Familie ersparen, dass ich dort am Grab zusammenbrechen würde. Und doch war ich dort. Es gibt da einen Hügel, da versteckte ich mich hinter einem Baum und beobachtete das ganze Geschehen, sozusagen aus sicherer Entfernung. Ich umklammerte die Birke und das war gut. Der starke Baum schien mir etwas von seiner Kraft zu leihen, und er verzieh mir, dass ich mit den Fingernägeln in seine Rinde krallte. Er hielt mich fest und ich war dankbar dass er da war. Durch ihn hat mich auch keiner entdeckt. Und ich wusste, dass Paul mich verstehen würde. Er war bei mir. Deshalb überstand ich das alles – aus der Entfernung. Ich hatte sogar seinen Rasierwasserduft in der Nase. Ein Windhauch wehte den Duft – seinen Duft, wieder weg. Ich weinte still vor mich hin, während ich zusah. Als ich nach einiger Zeit – gefühlt waren es Stunden, sah, wie die Trauergesellschaft sich auflöste, machte ich mich auf den Weg nach hause. Ich drückte mich vom Baum ab der mich so beschützt hatte. Eine Sekunde schaute ich den Baum an, als ob er ein menschlicher Helfer wäre, dann ging ich.

Ich lag dann auf meinem Bett, als ich meine Eltern heimkommen hörte. Nach einiger Zeit – Mama hatte mich wohl in der Wohnung gesucht, kam sie dann zu mir ins Zimmer.

„Warum warst du nicht auf der Beerdigung?" - fragte sie mich in rauem Ton. Alle haben sich gewundert dass gerade die Freundin nicht auf Pauls Beerdigung war! Seine Eltern haben mich gefragt... man" - ich sah die Wut in ihren Augen und ihre Stimme überschlug sich - „man", wiederholte sie – „warum bist du nicht gekommen. Ich verstehe das nicht. Niemand der Anwesenden hat verstanden, dass du nicht kamst!"

„Ich war da, stand oben auf dem Hügel. Ich hatte Angst, dass ich am Grab zusammenbreche!" - schrie ich schluchzend zurück. „und... und wem hätte das wohl gefallen?"
Ich wischte mir mit dem Handrücken die Tränen von der Wange.

Ich habe Rücksicht auf alle genommen, weil ich echt Angst hatte, dass ich ins Grab falle, falls ich Ohnmächtig geworden wäre."

Nun sah ich, dass Mamas Gesicht sich glättete. Ihren Augen konnte ich ablesen, das Sie auf Versöhnung aus war – nicht mehr auf Streit. Sie streichelte meine Wange. „Oh, mein Mädchen..." stotterte sie - „das verstehe ich... warum hast du nichts gesagt? Wir waren alle davon ausgegangen, dass du mitgehst. Keiner von uns stellte die Überlegung an, dass du nicht zur Beerdigung kommen würdest! Nun gut", meinte sie – nun wieder mit dem sanften Ton, wie sie jeder kannte - „wir werden es allen erklären können. Und das müssen wir auch... aber, es ist wie es ist. Wir machen das, mache dir keine Sorgen. Alles wird gut".

Im Augenblick konnte ich mir nicht vorstellen, dass alles gut werden würde – niemals mehr... aber, irgendwann würde die Zeit auch bei mir die Wunden heilen. Insofern hatte Irene – also Mama, wohl recht, obwohl ich sie in dem Moment hasste, weil sie das sagte...

Kapitel 2
Das Leben geht weiter

Über ein Jahr später

Zu der Clique von Damals hatte ich beinahe jeglichen Kontakt
verloren. Nur Max – also der, der nie zu viel gewagt hatte, traf ich ab
und zu. Im Geschäft oder in der Stadt... beim Zeitungshändler. Wir
plauderten dann von den „alten Zeiten". Max vermied es jedoch
(wohl auf Rücksicht zu mir) vom Unfall zu sprechen. Das einzige,
was er mir anvertraute war, dass er das Motorradfahren ganz aufgab.
Voller Stolz erzählte er, dass er sich ein Pickup mit viel PS zugelegt
habe. Motorräder wolle er keine mehr. Motorräder sah ich selbst seit
Langem als grölende, laute Monster an.

Keiner der alten Clique hatten mir wohl auch nicht so recht
verziehen, dass ich nicht auf der Beerdigung war. Außer Max. Er
verzieh mir, oder hatte nie ein Problem damit.

Jedenfalls - ich wusste selbst nicht genau warum, aber es war so –
wir hatten uns aus den Augen verloren. Mit Myra, Kai´s Freundin
traf ich mich noch eine Zeitlang, dann endeten auch diese Treffen.

An einem nebligen Abend, etwa sechs Wochen nach Pauls Tod,
fühlte ich mich unendlich einsam. Alle (was natürlich nicht stimmte)
schienen sich von mir abgewandt zu haben. Irene und Markus, meine
Eltern, sie verhielten sich... irgendwie komisch. Gerade von Mama
hätte ich mir gewünscht, dass sie mal in mein Zimmer käme um
mich in den Arm zu nehmen. Papa? Was sollte ich von ihm erwarten?
Er hatte mich nie in den Arm genommen. Als Kind schon nicht. Ob
er mich je geliebt hat? Sicher. Gezeigt hat er es aber... ich konnte
mich nicht erinnern. Klar, es kamen mal Worte wie: Wir sind stolz
auf dich. Oder: Hast es in der Schule allen gezeigt... warst wieder die
Beste beim Sport... ja, immer wenn ich gute Noten nach hause
brachte, da kam so etwas wie Anerkennung. Aber ein Kuss auf die

Wange – von Daddy? Nein. Ganz früher einmal... an Ostern oder Weihnachten, wenn ich dann mal auf Papas Schoß saß. Da war ich sechs Jahre alt – es war also schon lange her.

An besagtem Abend, der Herbst schien sich in schnellen Schritten zu nähern, kam die Trauer wieder zurück. Die Gedanken an die Kindheit verbesserten meine Stimmung nicht gerade. Ebenso wenig half, dass ich nun alleine auf meinem Bett saß. Keiner um mich herum. Die Decke schien mir auf den Kopf zu fallen – ich musste raus aus dem Haus.

Mama und Papa saßen, wie sollte es anders sein, vor dem Fernseher und sahen sich einen Krimi an. Ohne auf Wiedersehen zu sagen ging ich am Wohnzimmer vorbei und verließ das Haus. Mama rief mir was hinterher. Aber ich verstand sie nicht und es war mir auch egal. Was immer sie auch wollte – es konnte nicht wichtig sein! Schnellen Schrittes bewegte ich mich, mit nur einem Gedanken im Kopf: raus hier. Die Haustüre schepperte laut als ich sie hinter mir zuwarf. Wut brannte in mir auf. Ein „negatives" Kribbeln kam wie Sodbrennen vom Magen her hoch. Ich hatte Wut auf die ganze Welt. Was ich sah war Interesselosigkeit – vor allem von Irene und Markus; aber auch von meinen Freunden. Sogenannten Freunden! Denn wer lässt eine junge Frau alleine „im Regen stehen"? Wer, der sich Elternteil oder Freund nennt, ist nicht da und tröstet? Schauspieler alle! Nur, weil ich nicht zur Beerdigung gekommen war? - wohl kaum! Nein, sie lebten alle ihr Leben weiter. Für sie war Pauls Tod zwar tragisch und schlimm – aber abgeschlossen... weiter ging es mit dem Krimi im TV. Weiter ging es im Beruf... sie alle kannten Paul nicht so wie ich es tat. Klar, ich war seine Freundin. Ich hatte ihn geliebt. Andere taten das scheinbar nicht. Freunde... Kumpels waren sie – mehr nicht. Wenn überhaupt! Es drehte sich doch nur darum, wer das schnellere Motorrad hatte, wer den meisten Mut. Pauls Mut kostete ihn das Leben. Ich weinte wieder, als ich in meinen postgelben Mini einstieg und mit durchdrehenden Reifen davonfuhr.

Wohin ich fuhr? Erst einmal weg. Ohne Ziel raste ich durch die Stadt. Wenn ein Blitzer mich geknipst hätte, der Führerschein wäre weg gewesen! Ich verlangsamte die Fahrt. Es brachte nichts. Ich fuhr vorschriftsmäßig weiter. Ich träumte mit offenen Augen von Paul. Sah, wie er aus der Kurve rutschte... den Unfall. Ich wischte mir mit der Rechten die Tränen aus den Augen. Ich schüttelte den Kopf, als ob ich so die Gedanken wegwischen könnte. Es gelang nicht. Ich schaute mich um und erkannte, wo ich mittlerweile war. Auf der Autobahn! Ein Rastplatz war in Sicht. Dahinter kam die Nord-Brücke... in der Stadt besser bekannt als die Selbstmörder-Brücke. Ich fuhr den Rastplatz an. Dies war ein seltsamer Ort. Auf der einen Seite war es ein Ort, den Liebespaare gerne wegen der Aussicht aufsuchten – und andererseits hatten sich dort in den letzten Jahren vier Menschen in den Tod gestürzt. In diesem Licht, es war ja Abend und es war bereits düster, erschien, gerade durch den leichten Nebel, der Platz... wie auf dem Friedhof. Der Halbmond schimmerte durch den Nebel, was ziemlich gruselig aussah. Die weite Sicht, die im Normalfall herrschte, war heute nicht. Den dahinterliegenden Wald konnte man nur erahnen. Ich stellte mein kleines Auto ab und lief zur Brücke. Wegen der Selbstmorde war ein hoher Zaun errichtet worden. Der würde einen, der vorhatte sich zu töten, kaum davon abhalten. Es war ein üblicher Maschendrahtzaun. An dem konnte man gut hochklettern, wenn man dies wollte. Ich stand nun da und schaute hinunter. Unten war eine Tankstelle zu erkennen. Die Höhe der Brücke schätzte ich auf circa fünfzig Meter. „Wer da unten ankommt, spürt nichts mehr" - dachte ich und war mir dessen sicher. Nur, der arme Tankstellenbesitzer – was hatte Der oder Sie – nicht schon alles schlimmes gesehen?

Für einen Moment dachte ich: wie leicht wäre es, den Zaun zu überwinden und es den anderen gleichzutun? Aller Schmerz wäre für immer vorbei. Ich spürte, wie mein Herz bis zum Hals klopfte. Ich umgriff den Zaun. Fester. Ich lehnte den linken Fuß darauf. Zog mich hoch... da hörte ich ein Geräusch. Ein Auto. Die Scheinwerfer blendeten mich. Ich ließ den Zaum los. Lief schnaufend zu meinem kleinen Flitzer. Es war ein Liebespaar. Ich beschloss die Zwei alleine zu lassen. Doch bevor ich losfuhr holte ich erst einmal tief Luft. Dann pustete ich langsam aus. Das tat gut. Ich wiederholte die Übung. Es halft, es ging mir besser. Mama hatte ja auf der einen

Seite Recht. Das Leben, wie sie sagte, geht immer weiter. Es wird besser werden. Irgendwann. Heute noch nicht und morgen nicht, dachte ich. Aber, und das wurde mir klar, als ich in dem fremden Auto das Paar sich küssen sah – der Tag wird kommen, an dem ich mit dem Schmerz, der in meiner Brust wohnte, umgehen könnte. Vergessen war etwas anderes. Das würde ich nie. Das wollte ich auch nicht. Nein, Paul sollte immer in meinen Erinnerungen bleiben. Schließlich war er Teil meines Lebens gewesen. Über Jahre hatten wir uns geliebt und gelacht und uns alles geteilt und vergeben. Denn ja, da war auch mal Streit. Aber nie ernst und immer stets schnell vergessen. Ja, das war meine erste große Liebe. Wenn wir uns getrennt hätten, wäre ich sicher langsam darüber hinweg gewesen. Nur weil es dieser scheiß Unfall war, der Paul das Leben kostete, ließ mich so in ein tiefes Loch fallen. Die Wut war hinzugekommen. Auf alle um mich herum. Die Sinnlosigkeit von Alledem hatte ich vor Augen. Das große Warum – und – sogar die Frage, warum Gott so etwas zuließ, beschwerten zeitweise meine Laune. Aber dies wollte ich ab Jetzt hinter mir lassen. Ich startete und fuhr an. An der nächsten Ausfahrt verließ ich die Autobahn und fuhr zurück. Heim.

Ich musste nach vorne schauen.

Irgendwann meldete ich mich wieder bei meinen Freundinnen von früher. Gott sei Dank hatte ich den Faden zu den alten Schulfreundinnen nie ganz verloren. Tanzen in den Disco´s. Ja, das war der Punkt, in dem Mama bereits vor längerem recht hatte. Das Leben geht weiter, hatte sie als letztes gesagt. Geld verdienen, also arbeiten gehen, Essen und Trinken... ja, die Erde dreht sich weiter. Ich musste erkennen, dass immerzu irgendwo auf der Welt tausende von Menschen täglich starben. Weinen tut dann immer einer. Die Frau, der Mann, das Kind. Der Tod war Teil des Lebens. Ich hasste diesen Spruch – aber verdammt, es war so und es ist so. Daran wird sich nichts ändern. Für jeden hört die Trauer irgendwann auf. Auch für mich.

So war es, dass ich Silvia, meine älteste Freundin anrief. Es war

Mitte Oktober. Pauls Tod war ein und ein halbes Jahr her. Die Lust aufs Leben hatte mich – langsam, aber sicher - wieder. Wir verabredeten uns für kommenden Samstag. Wir wollten in den Tanzschuppen, namens „One Night". Das Lokal war sehr groß und beinahe für alle Altersgruppen zugänglich. Denn es war unterteilt in eine Art Disco, eine vornehme Kneipe, wo man sich in Ruhe an der Theke unterhalten konnte. Und dann war da noch ein Tanzlokal integriert, das die eher älteren Mitmenschen bevorzugten. Dort spielte man die klassische Tanzmusik, wie langsamen Rock´n Roll und auch Samba oder Tango. Jede „Abteilung" war mit Glastüren und Fenstern umsäumt. Zwischen jeder Räumlichkeit war ein breiter Flur, der zu den Toiletten führte, der aber auch die anderen Räume voneinander trennte. Man konnte zwar in die Disco oder das Tanzcafé schauen, die Musik blieb aber immer nur im jeweiligen Raum. Da dies so war, war das Lokal recht beliebt. Auch die Preise hielten sich im Zaum. Ich war mir sicher, dass es ein schöner Abend werden würde. Ich freute mich darauf.

„Tina geht mit, teilte mir Silvia am Telefon mit".

Und das freute mich noch mehr. War doch so die alte Truppe von einst wieder vereint.

„Na das freut mich doch" - sagte ich - „bis dann".

Und ehrlich – ich konnte es kaum erwarten!

Kapitel 3
Toni Marell
der Schauspieler – der Mann, der mir den Kopf verdrehte

Wir drei Mädels tanzten und lachten auf der Tanzfläche der Disco zu Hip-Hoc-Musik. Dies war der neueste Trend. Nach einiger Zeit musste ich zur Toilette. Ich wandte mich von meinen Freundinnen ab und dann traf mich ein Blitz. Toni Marell stand vor mir! Toni war ein Schauspieler. Ein ziemlich guter, wie ich fand. Ich hatte schon lange von ihm geschwärmt. Vor Paul, also als ich noch ein Teenie war, hatte ich mich in ihn verguckt. Er war stets braungebrannt, hatte ein männliches, kantiges Gesicht. Er kam einem wie ein feuriger Spanier vor. Mit seinem Oberlippenbart, hatte er etwas. Der Bart war zwar lange außer Mode, doch er machte ihn interessant. Nicht nur für mich. Sondern für tausende Frauen beinahe aller Altersstufen. Manche wünschen sich ihn als Ehemann, andere als Schwiegersohn. In diversen Zeitschriften, wie man sie beim Frisör oder im Wartesaal eines Arztes findet, las man des öfteren, dass er wieder eine neue Schönheit an seiner Seite hätte. Aber Wochen später sei es dann aus und wieder zwei Wochen später sei dann wieder eine neue Blondine oder Brünette neben ihm im Auto gewesen. Oder in seiner Villa – oder seinem Strandhaus auf Mallorca. Ich glaubte das alles nicht. Vielmehr dachte ich, dass diese ganzen Storys von den Zeitungen aufgebauscht wurden. Nur weil er eine Kollegin in die Stadt fuhr – aus Freundlichkeit, hatte das noch lange nicht zu bedeuten, dass er mit jeder im Bett landete! Die Zeitungen verdienten eben mit Klatsch und Tratsch ihr Geld. Das war nix neues und ich hatte kein Problem damit.

Womit ich ein Problem hatte war, dass er nun vor mir stand und mich anlächelte. Ich konnte es nicht glauben. Von einer Sekunde zur anderen hatte ich die wildesten Schmetterlinge im Bauch. Und die schienen sich zu vermehren! Die Schmetterlinge wollten alle heraus. Mir wurde übel – aber auf eine seltsam angenehme Weise. Ein ähnliches Gefühl hatte ich zuvor nur bei Paul erlebt. Aber selbst dieses Kribbeln war nicht so intensiv wie jetzt bei Toni. Das konnte ich mir nicht erklären, aber es war so. Ich spürte heftig mein Herz klopfen. Es schien aus der Brust springen zu wollen. Die bunten Lampen blinkten im selben Rhythmus wie mein Herz – schnell! Ich weiß nicht wie lange ich so vor ihm stand und ihn anhimmelte (hatte ich den Mund offen?) - jedenfalls reagierte er. Er näherte sich mir um mir etwas ins Ohr zu sagen. Das musste sein, da die Musik doch recht laut war.

„Hallo meine Schöne" - sagte er mit seiner samtigen Stimme. „Stehe ich dir im Wege? Darf ich dich begleiten? Du brauchst sicher Schutz... sicher spricht dich jeder unterwegs an."

Was er sagte klang zwar irgendwie abgedroschen, aber dennoch gefiel mir, was er sagte. Jedenfalls nickte ich ihm zu und er folgte mir wortlos auf den Flur. Dort war es drei Nummern ruhiger. Wir konnten uns unterhalten.

„Dass ich dich hier treffe, damit hätte ich im Leben nicht gerechnet", meinte ich. Ich wusste doch, dass er normalerweise in München lebte. Was suchte er hier in Saarbrücken?

„Wir drehen hier einen Film", erklärte er, als ob er meine Gedanken gelesen hätte. „Wir werden uns hier in eurer schönen Stadt noch eine Weile aufhalten. Bestimmt noch ein paar Monate", versicherte er mir.

„Das freut mich sehr"... ich überlegte fieberhaft was ich als nächstes sagen sollte, und entschied mich für - „ich bin ein großer Fan". Und dies war nicht gelogen.

Aus der Disco hörte ich ein Lied, dass mich zusammenzucken ließ: I was made for lovin` you, ein bekanntes Lied – Unser Lied! Paul sang es immer mit! War das ein Zeichen oder was sollte das? Zufall?

„Was ist denn?" - Toni hatte bemerkt dass ich vor mich hin stierte.

Ich schüttelte schnell den Kopf - „Nein, nichts... ich muss nur zur Toilette – und das war ja nicht gelogen.

„Ah, verstehe. Nun, wie gesagt, ich begleite und beschütze dich" - mit diesen Worten hielt er mir lächelnd den rechten Arm hin, sodass ich mich bei ihm einhängen sollte. Das tat ich dann auch. Es war wohl etwas „Old School" - aber doch irgendwie galant. Geduldig wartete er vor der Toilette auf mich und führte mich dann wieder den Weg zurück. Das hieß, vor der „Kneipe" die eigentlich aus einer langen, geschwungenen hölzernen Theke bestand, fragte er mich ob wir nicht stattdessen hier herein wollten. „Da können wir uns besser unterhalten" - meinte er.

Nickend bejahte ich, und wir setzten uns auf zwei der freien Lederhocker, die dort in großer Zahl vorhanden waren. Er fragte mich was ich trinken wollte und bestellte dann eine Cola für mich und ein Bier für sich selbst.

Als die Getränke vor uns standen, prostete er mir zu und wir tranken. Danach... flirteten wir, was das Zeug hielt. Wir lachten viel und erzählten uns unsere Lebensgeschichte – jedenfalls Teile davon. Einmal kam Tina an uns vorbei. Auf dem Weg zur Toilette erblickte sie uns und winkte uns lächelnd zu. Als sie wieder zurück war, dauerte es nicht lange und Silvia machte das gleiche Spiel. Zufall? Wohl kaum, aber es war in Ordnung. Sicher freuten sich die Beiden für mich. Wussten sie doch, wie es mir in der Vergangenheit erging, wie sehr ich gelitten hatte. Und nun Toni? Sicher war es auch für sie unglaublich – genauso wie für mich. Aber, sie gönnten es mir. Dessen war ich mir sicher. Beide waren ja in einer Beziehung, sodass wohl keine Eifersucht aufkam... obwohl... Toni Marell! Das war schon was! Der Abend heute sollte ja eigentlich ein reiner Frauenabend werden. Aber dennoch. An ihren Gesichtern erkannte jeder deutlich, dass sie ganz bei mir waren; sich freuten. Irgendwann war es so spät, dass die zwei Mädchen nach hause wollten. Wir machten den Beiden verständlich, dass sie unbesorgt heimfahren konnten. Toni würde mich später nach hause bringen. Ich musste zugeben, dass ich seit langem wieder zufrieden mit meinem Leben war. Ja, ich war drauf und dran mich zu verlieben. Er faszinierte mich. Sein Aussehen, sein Benehmen, sein Können als Schauspieler, sein selbstsicheres Auftreten und dann... nun ja, er war wohl sehr Reich. Wen würde das nicht beeindrucken? Angeblich flog er ab und zu mit seinem Helikopter von Südfrankreich nach Mallorca.

Ich war mir sicher – dieser Abend würde noch spannend werden

Etwa um drei Uhr morgens machten wir uns dann auf den Weg. Bevor wir fuhren ging ich noch einmal zur Toilette um mich frisch zu machen. Dort wusch ich mir die Hände... plötzlich schaute ich in den Spiegel, der sich über die gesamte Fläche der 4 Waschtische spannte. Ich sah in meine braunen Augen. Paul hatte mir immer versichert, dass er sich in meine mandelförmigen Augen verliebt hatte. Und in meine langen, blonden Haare. Oft lag ich mit dem Kopf auf seinem Bauch, wenn wir auf der Couch saßen und fern sahen oder wenn wir im Bett waren... eben Sex hatten. Dann graulte er mir den Kopf und lähmte mich damit. Danach war ich süchtig. Und er hatte Geduld. Unablässig streichelte er mich, oft bis ich einschlief. Paul... er hatte mich immer als klassische Schönheit bezeichnet... der Schmeichler. Nun, diesen Spruch hatte ich früher öfter gehört. Ein junger Mann, der in der Disco, in der wir uns gerade befanden, mal mit mir geflirtet hatte, hatte mich sogar als die Göttin Aphrodite bezeichnet. Nur, dass ich eben blond sei und leichte Locken hätte – was Sie sicher nicht hatte, gab er anschließend zu bedenken. Dann sah ich Paul vor mir. Mein eigenes Gesicht schien sich zu seinem zu verwandeln. Ja, ich musste mir eingestehen, dass meine Liebe zu ihm noch nicht verflogen war. Ein Mädchen, ich hatte sie gar nicht bemerkt, sprach mich an. Sie hatte wohl gesehen, dass ich bereits eine ganze Zeitlang in den Spiegel starrte.

„Alles in Ordnung?" - fragte sie.

„Ja", sagte ich leise vor mich hin. Ich sah jedoch immer noch in den Spiegel. Pauls Gesicht war noch da. Sein Gesicht war weicher, runder... nur sein Dreitagebart ließ ihn männlich wirken. In Gedanken fragte ich ihn, ob es für ihn in Ordnung sei, wenn ich mit einem anderen Mann ausgehe. Ein leichtes Lächeln hatte er auf den schmalen Lippen. Seine fast schwarzen Augen schienen mir direkt in die Augen zu blicken. Er nickte...

Zufrieden und dennoch irgendwie zwiegespalten schaute ich mir selbst in die Augen und murmelte vor mich hin: „Ich hoffe du weißt, was du da tust".

„Hä", fragte die Tusse neben mir.

„Ach nix", sagte ich und fasste einen Entschluss. Mit dem Gedanken, dass das Leben weitergeht und ich die Trauer abschließen musste, um somit einen neuen Lebensabschnitt zu beginnen, ging ich hinaus – in eine neue Welt. Zu Toni. Die Frage war natürlich nicht ob er nun der Wegbereiter war... ein Neuanfang, nein. Dafür kannte ich ihn ja kaum. Aber für mich war es ein wichtiger Schritt. Für mich war es ein Schritt in meinem Kopf. Weg von Teil A des Lebens – hin zu Teil B. Teil B hieß Toni und war ein bekannter Schauspieler... es gab schlechtere Plan B. Wegen dem Wortspiel musste ich schmunzeln.

Ich verließ das Klo. Toni empfing mich mit einem Lächeln und der Frage ob alles in Ordnung sei. Ich bejahte und wir verließen das Lokal.

Auf dem Parkplatz stiegen wir in seinen Sportwagen. Er hatte mir die Tür aufgehalten. Er hatte Manieren. Heutzutage macht das ja wohl kaum noch jemand. Meine Gefühle für ihn stiegen. Ja, er gefiel mir. Sein markantes Äußeres sowieso und nun überzeugte er auch mit seinen inneren Werten.

Wir fuhren eine Zeitlang, bevor wir an seiner Vorstadtvilla ankamen. Nun war ich vollends beeindruckt. Das Haus war wohl eher älteren Baujahres, aber sehr gepflegt und groß. Mit seinen zwei Erkern und spitz nach oben zulaufenden Fenstern erinnerte es etwas an eine Kirche. Die Giebelwand war mit Efeu zugewachsen. Über der mittigen Eingangstür die aus zwei gegenläufig, sehr hohen Holztüren bestand, war ein kleiner, halbrunder Balkon angebracht. Das Haus wirkte bereits von außen gemütlich. Ich war gespannt wie es innen war. Innen war es ganz anders. Sehr modern. Alles Weiß – auch die Ledercouch und ein Chrom-umrandeter ovaler Glastisch

waren Bestandteil des Mobiliars. Passend dazu ein Bücherregal aus
Chrom und Glas. Ebenso Chrom-umrandet die Bilder, die Drucke
von Picasso zeigten. Irgendwie fühlte ich mich zu Hause. Die
Einrichtung war zwar nicht ganz mein Stil. Mir hätte eine rustikale
Einrichtung wie sie das äußere des Hauses versprach, besser
gefallen, aber man sah, dass alles hochwertig und teuer war. Ich war
erneut beeindruckt. Nein, überwältigt war das bessere Wort. Als er
mich dann mit seinen sanften Augen lächelnd anschaute und mich
fragte was ich zu trinken will, war ich dahingeschmolzen. Ich hatte
mich verliebt. Man sucht es sich nicht aus... der Blitz trifft einen oder
nicht. Und mich hatte der Blitz getroffen. Von einer Sekunde zur
anderen. Als ob er meine Gedanken gelesen hätte, nahm er mich in
den Arm und küsste mich. Und sein Kuss war einer von der Sorte,
die einem die Luft zum Atmen raubte. Mein Herz tanzte Tango. Ich
hatte beinahe vergessen welche Gefühle in einem hochkochen wenn
man derartig geküsst wird. Wärme schien vom Bauch her bis zum
Kopf hin aufzusteigen. Wohlige Wärme. Seine Berührungen taten
gut. Er streichelte meinen Nacken und seine linke Hand rutschte den
Rücken hinunter und ruhte auf meinem Po.

  Das turnte mich an. Unsere Küsse und Umarmungen wurden wilder
und hemmungsloser. Es dauerte nicht lange und er griff zart nach
meiner Hand. Lächelnd zog er mich sachte eine Etage höher – in sein
Schlafzimmer. Dort sah alles etwas gemütlicher aus. Alles war im
Landhausstil eingerichtet, die Möbel bestanden aus hellem,
unbehandeltem Vollholz. Das Bett war, wie sich herausstellte, ein
Wasserbett. Plötzlich schienen seine zärtlichen Hände überall zu
sein. Raffiniert, und nicht zu schnell, zog er mich aus. Er liebkoste
meinen gesamten Körper. Ich hatte die Liebe bisher – so intensiv –
noch nicht kennengelernt. Er war ein wirklich fantastischer
Liebhaber; so, wie ihn eine Frau sich ihn wünscht. Zärtlich und
einfühlsam – und – er ließ es langsam angehen... dehnte das Vorspiel
aus, bis ich es kaum noch aushielt. Und danach streichelte er mich
quasi unaufhörlich, und zwar so, dass ich Gänsehaut bekam. Diese
Gänsehaut schien sich bis in meine Eingeweide zu ziehen. Ein
wohliges, ungekanntes, aber sehr angenehmes Gefühl umspannte

meinen ganzen Körper. Als mich etwas fröstelte umarmte er mich und legte die leichte Decke über mich. Ja, er war aufmerksam. Und ich fühlte mich wohl wie lange nicht mehr. Irgendwann schliefen wir dann beide zusammen Arm in Arm ein. Das war wunderbar. Wie in einem Kokon, einem warmen, weichen Nest fühlte ich mich. Ja... es hatte mir gefehlt. Die zarten und doch fordernden Hände eines Mannes. Der Sex. Es war gut so. Ich hatte lange genug Verzicht geübt.

Am Morgen weckte mich dann die Sonne, die hell und warm durch den Spalt des dunkelblauen, schweren Vorhangs fiel. Ich blinzelte erst einmal und schaute mich schlaftrunken um, um zu gucken wo ich war. Ja, es war so. Es war kein Traum. Alles war echt. Das Bett in dem ich lag... die Erinnerung an letzte Nacht flammte auf. Ich drehte mich um, um noch eine Mütze voll Schlaf zu erhaschen. Da erblickte ich, dass ein Projektionswecker rote Zahlen an die weiße Wand warf. Die Ziffern verrieten mir, dass es 10:27 Uhr morgens war. Samstagmorgen um diese Zeit im Bett. Das gab es seit über einem Jahr nicht mehr. Mit Paul hatte ich mir diesen Luxus das letzte Mal im Mallorca-Urlaub gegönnt. Dort allerdings jeden Tag unseres Aufenthalts. Wir hatten damals ein Hotel ausgesucht, das Frühstück bis 11:30 Uhr anbot. Ich erinnerte mich, mit einem Lächeln, dass, als wir dann vom Frühstück kamen, viele andere Gäste bereits zum Mittagessen gekommen waren. Die gingen anschließend an den Strand. Wir jedoch, nicht selten, wieder ins Zimmer. Dort hängten wir dann das „Bitte nicht stören-Schild" an die Tür und machten dort weiter, wo wir am Abend aufgehört hatten.

Es war eine schöne Zeit. Aber gestern der Abend... und die Nacht erst... wenn das jeden Tag so werden würde – ich hätte die goldene Karte gezogen. Das Herz-Ass. Ich war selig, mehr noch, ich schwebte auf Wolke sieben. War grenzenlos glücklich! Ich genoss die Wärme und schloss die Augen, doch, statt weiterzuschlafen, sah ich wieder die Bilder der vergangen Stunden vor meinem inneren Auge. Wie in einem Hollywood-Film kamen mir wieder die schönsten Szenen in den Sinn. Mit einem Lächeln im Gesicht schlummerte ich eine Zeitlang vor mich hin. Bis ein Geräusch mich wieder in die Gegenwart holte. Ich öffnete die Augen und sah, dass Toni mit einem Tablett die Tür hereinkam. Lächelnd begrüßte er mich mit den Worten: „Na, mein Mäuschen, wach? Dann küsste er mich auf die Wange und stellte das Tablett neben mich aufs Bett. Kaffeeduft stieg mir in die Nase. Und der Geruch von frisch geröstetem Toast. Erdbeermarmelade. Die, die ich am liebsten mag – mit ganzen Fruchtstücken. Bei dem Anblick der leckeren Sachen verspürte ich schlagartig Hunger. Mit Vorfreude schmierte ich die Butter auf ein Toastbrot. Sofort verlief die Butter, wie ich es mag. Dick die Erdbeeren darauf. Mit Genuss biss ich hinein und trank einen Schluck Kaffee hinterher. Auch Toni aß eine Scheibe mit.

„Willst du vielleicht ein gekochtes Ei... drei Minuten... fünf Minuten?"

Ich verneinte lachend. „Du verwöhnst mich ja" - sagte ich zu ihm.

„Eine Frau wie dich kann man doch gar nicht verwöhnen! Du verwöhnst mich. Mit deinem Geruch... deiner Haut... deinem Anblick!"

„Du Charmeur!"

Er weiß, was eine Frau hören will.

Er weiß, wie eine Frau fühlt, und ich fragte mich, bei wie vielen Frauen vor mir er bereits „geübt" hatte – egal, jeder hat seine Vergangenheit und für jeden gilt: das Schicksal (oder was auch immer) führt dich durchs Leben. Nicht alles im Leben sucht man sich ja aus. Sonst gäbe es ja keine Kriege auf der Welt. Alle Menschen wären zufrieden und jeder hätte, was ihm gefällt. Nein, vieles wird ja von Anderen gesteuert. In einer Partnerschaft kann das heißen, dass man, so wie es ihm erging (wenn man den Zeitschriften glauben durfte) ab und zu an die falsche Frau geraten kann. Ich selbst hatte bisher nur Paul an meiner Seite. Toni hatte weitaus mehr Erfahrungen mit dem anderen Geschlecht... aber, was soll´s? Ich profitierte davon – und – ich war mir sicher, dass er es sich nicht so ausgesucht hat. Ich hielt ihn jedenfalls für Bodenständig. Klar, da war schon ein Leben in Luxus. Mit dem Hubschrauber. Booten und schnelle Autos – und dennoch: er hatte sich sichtlich in mich verliebt. In Mich – nicht in eine Schauspielkollegin oder Ärztin...

oder, oder – nein, in mich. Und er behandelte mich gut. Schaute dass es mir an nichts fehlte. Las mir quasi meine Wünsche von den Augen ab. Also – was wollte ich mehr? Ich würde auch keine Fragen stellen, was seine Vergangenheit betraf. Auch ich hatte eine Vergangenheit, und die hatte ich mir eben nicht ausgesucht.

Ich aß noch einen zweiten Toast und Toni schloss mich mir an. Ich machte Zucker und einen Schuss Sahne in den Kaffee und trank eine zweite Tasse.

Toni hatte sich neben mich auf die Rückenlehne des Bettes gelegt und das Tablett zur Seite gelegt. Nun fragte er mich: „Würdest du diese Woche mit mir nach Mallorca fliegen wollen?"

Ich musste lachen: „Haha... gern würde ich das, aber ich muss ja arbeiten! Musst du nicht auch arbeiten? Ich denke ihr dreht hier... was eigentlich? Einen Krimi... eine Liebesgeschichte?"

„Nur eine Szene für einen Krimi. Zur Zeit ist Drehpause weil die Kulissen umgebaut werden müssen.

Wir drehen hier eine ganze Weile...

„Nicht doch ein halbes Jahr?"

„Doch, schon... im Moment zieht es sich ein wenig dahin. Normalerweise drängt der Regisseur immer zur Eile – der Kosten wegen," - meinte er schulterzuckend - „aber dieses Mal, ich weiß auch nicht."

„Na, ich kann jedenfalls nicht, so gern ich es auch täte, mit dir mit. Tut mir leid."

„Ja, ist okay. Wir werden es nachholen, sowie es bei dir klappt." Strahlend stimmte ich zu: „Sehr gerne!"

Kapitel 4
Max

Wie ich Toni gesagt hatte, ging ich nach dem Wochenende wieder arbeiten. Das Wochenende selbst hatten wir, um ehrlich zu sein, die meiste Zeit im Bett verbracht.

Ich traf auf dem Parkplatz vor dem Lebensmittelgeschäft, welches am Ende unserer Straße seit Jahren besteht, Max. Aus welchem Grund auch immer war er als Einziger in meiner Erinnerung geblieben. Die Anderen, auch die Mädchen aus der „Motorradgang", hatte ich aus meinem Gedächtnis mehr oder weniger verdrängt. Sie hatten in meinem Leben keinen Platz mehr. Bei Max war das anders. Durch sein sympathisches Wesen, seine angenehme, weiche Stimme und seine ruhige Art, dachte ich zwischendurch immer wieder mal an ihn. Er war nett. Immer hilfsbereit und zuvorkommend. Die Anderen von Damals, allen voran Paul, waren Draufgänger. Max nicht. Er ist – beinahe feminin. Jemand der ihn nicht kannte, könnte ihn für schwul halten... ein angenehmer Mensch eben. Ich verstand nie, warum er nie eine Freundin hatte. Er hatte einen guten Job in einer Bank, er sah auch ganz gut aus... ob er zu schüchtern war? Diese Frage konnte ich eigentlich nicht mit Ja beantworten. Er war und ist mir immer als ein ganz normaler, vielleicht etwas zurückhaltender, junger Mann vorgekommen. Wie die meisten anderen auch. Das Draufgängerische von Paul hielt ich zwar für männlich, es imponierte mir – seine Kraft und Ausdauer. Da Max diese Eigenschaften nicht (oder weniger) hatte, war kein echter Makel. Er war und ist halt etwas anders. Nicht besser oder schlechter, nur etwas ruhiger. Sonst nichts.

Er war aus seinem Auto ausgestiegen und hatte mich erblickt und war sofort sichtlich erfreut mich zu sehen. Lächelnd kam er auf mich zu, umarmte mich und gab mir auf jede Wange einen Kuss.

„Wie geht es dir?" - war seine erste Frage. „Was machst du so? Wie geht es..." - er hatte bemerkt, dass er diese Frage bereits gestellt hatte und vollendete den Satz nicht; lachte stattdessen vor sich hin.

Ja, ich mochte ihn sehr.

Wir unterhielten uns über die alten Zeiten. Ich musste zugeben, dass es guttat ihn zu sehen.

Ich musste weiter.

Kapitel 5
Mallorca

Der Tag kam, an dem ich mir eine Woche frei nehmen konnte. Toni und ich... ja, wir waren zu einem unzertrennlichen Paar geworden. Wir verbrachten Tag und Nacht zusammen. Und bisher befand ich mich immer noch in einem Traumzustand.

Und dieser nicht enden wollende Traum ging heute weiter. Wie er mir versprochen hatte machten wir einen Ausflug nach Mallorca – und ja, tatsächlich mit seinem Hubschrauber! Das hieß; zuerst einmal fuhren wir mit seinem Flitzer nach Südfrankreich. Von Deutschland aus wäre die Strecke zu weit gewesen. „Ohne Tankstopp des Hubies kaum möglich... und das ist schon e bisserl teuer!" - meinte er. Nun, mir war es egal. Ich saß in einem wunderbaren Sportwagen, neben einem wunderbaren Mann und ich hatte wohl einen wunderbaren Urlaub vor mir. Die Bilder der Vergangenheit waren kaum noch in meinem Kopf. Sicher, Paul war noch da. Hier und da sah ich ihn noch vor mir. Dann sah ich den Unfall. Und diesen Gedanken konnte ich dann wegwischen, wie Matsch auf der Scheibe. Natürlich war beim ersten Wischen die Scheibe – sprich, meine Gedanken – noch verschmiert und undeutlich. Doch mit jedem Nach-wischen klärte sich der Blick. Der Blick ging eindeutig nach vorne – in die Zukunft. Ja, mein Leben änderte sich gerade. Und diese Veränderung tat mir gut. Ich lebte regelrecht auf. Dies bekam ich rings um mich bestätigt. Von Mama und meinen Freundinnen, die ich ab und an traf. Dies zeigte ich auch nach außen hin an. Ich hatte mir die Haare gefärbt. Rot – meine Haare waren flott geschnitten und die Farbe glich einem natürlichem Rot. Und nicht nur Toni gefiel das. Außerdem hatte ich meine Jeans und T-Shirts im Schrank gelassen. Toni fand es weiblicher und schöner wenn Frauen Kleider trugen. Also habe ich mir für den Sommer ein paar schöne Kleidchen zugelegt. Und, um ehrlich zu sein, es gefiel mir. Die erste Zeit musste ich mich umgewöhnen. Mir fehlten meine Jeans, doch, es dauerte nicht lange, und ich hatte mich an die bunten Kleidchen gewöhnt. Toni war damit sehr zufrieden.

Die Fahrt nach Frankreich dauerte Stunden. Schließlich ist auf französischen Autobahnen nur Tempo Hundert erlaubt. Zum Abendessen gingen wir in ein Fischrestaurant, wie es sie in dieser Gegend oft gibt. Es war halt ein kleines Fischerdorf am Rande des Mittelmeeres. Idyllisch gelegen. Felsen umgaben die Bucht. Spärlich waren ein paar dürre Bäume (wohl Olivenbäume) an der Klippe verteilt. Die Sonne über dem Meer hatte den wolkenlosen Himmel in ein schönes orange verwandelt.

Es war ein wunderbarer Abend – so schön wie die Tage und Nächte der letzten Wochen und Monate. Wir aßen köstlichen Fisch und tranken jeder ein Glas Rotwein dazu. Da es nicht bei dem einen Glas blieb, beschlossen wir spontan in der benachbarten, kleinen Pension ein Zimmer zu nehmen. Es war eines dieser schönen, alten Häuser, das aus den weißen Tuffsteinen gemauert war. Das Zimmer war klein, die Türe niedrig und die Decke hoch, aber insgesamt war das Zimmer nett eingerichtet. Alte Möbel. Aber andere nannten es antik und bezahlten viel Geld dafür. Da es nur für eine Nacht war und Toni kaum mehr in der Lage zu fahren, akzeptierten wir. Das Hotel war eben einfach und entsprach eigentlich nicht dem Anspruch von Toni. Mir genügte es natürlich.

Am nächsten Tag fuhren wir dann weiter. Immer an der Küste entlang. Ich ließ den Geruch des Spätherbstes in mein Herz. Ich war mir jetzt schon sicher, dass ich diesen Urlaub nicht vergessen würde. Mein Leben lang nicht. Ich befand mich in einer Phase schier unendlichen Glücks.

Der Hubschrauber

Wir waren angekommen. Das hieß, wir befanden uns plötzlich auf einem sehr kleinen, mir unbekannten Flugplatz, auf dem ich nur kleine, einmotorige Sportflugzeuge und weitere zwei Hubschrauber ausmachen konnte. Größere Maschinen, also Touristenkutschen, waren nicht zu sehen. Dafür war der Flughafen viel zu klein. War mir egal. Unwichtig. Auf mich wartete ein weiteres Abenteuer mit Toni – dem Mann, den nicht nur bewunderte, nein, ich hatte mich in ihn verliebt.

Toni begrüßte den Piloten wie einen guten Freund. Mich begrüßte der Pilot mit nur einem mitleidigen Blick. Ein seltsamer Typ. Ein pomadisierter Frauenheld – jedenfalls schien er sich dafür zu halten. Denn plötzlich zwinkerte er mir zu. Dann zog er seine Pilotenbrille an und setzte sich auf den vorderen rechten Platz. Nachdem wir angeschnallt waren und die Ohrschützer, also Kopfhörer, anhatten, startete er den Motor. Nachdem die Motortemperatur und somit auch die genügende Drehzahl der Rotorblätter vorhanden war, starteten wir. Ich war aufgeregt. Der „Po" des Hubschraubers hob zuerst ab, dann stieg die „Nase" immer mehr Richtung Himmel. Dann überflogen wir bereits das Meer. Nach etwa einer Stunde Flugzeit landeten wir dann auf der Insel Mallorca. Wie beim Abflug war dies jedoch nicht der große, bekannte Flughafen, auf dem jährlich Millionen Touristen landeten, sondern wieder ein kleiner, vollkommenen unbekannter Flughafen. Das war wohl so. Ich wusste jedenfalls nicht wo wir uns befanden. Ich sah keinen größeren Ort. Norden, Süden... keine Ahnung. Das Meer war in der Nähe, mehr wusste ich nicht. Ich fragte auch nicht.

Wir stiegen in ein etwas schäbiges Auto, Marke Mietwagen, um. Toni fuhr. Wir fuhren etwa fünfzehn Minuten und kamen dann an einem relativ kleinen Haus an. Mich wunderte dies etwas. Dieses eher kleine Häuschen passte so gar nicht zu Toni. Er lebte doch sonst nur im Luxus.

Und hatte er eben dem Piloten nicht Geld gegeben?

„Ich hab das Haus günstig bekommen" - sagte er, und kämpfte gerade mit dem Türschloss. Das war wohl leicht verrostet und zickte daher. Innen sah es nicht besser aus. Alles erschien alt und schmutzig. Das erste Mal war ich etwas enttäuscht. Ließ es mir aber nicht anmerken. Irgendwie war es in Ordnung. Eigentlich war der Luxus nicht meine Welt. Meine Verwunderung ruhte eigentlich eher davon, dass ich nicht erwartet hätte, dass Toni ein so altes Haus besaß. Das war wirklich nicht sein Ding. Bei näherer Betrachtung

des Hauses... es schien verwahrlost - für mich war es grenzwertig. Alles war voller Staub und Dreck. Das erste Mal in Tonis Nähe, fühlte ich mich etwas unwohl.
Er umarmte mich und umspannte mich wieder mit seinem Lächeln, wie eine Spinne ihr Netz. Nun, es galt, das Beste aus der Situation zu machen. Zusammenfassend war ich auf einer der berühmtesten europäischen Insel, mit einem Mann den ich über alles liebte. Es war ein milder, schöner Abend. Der Ausblick in Richtung Meer war idyllisch und – ja, irgendwo war, was ich tat das, was man Jammern auf hohem Niveau nannte. Wenn das Haus renoviert wäre, war es immer noch kein Luxushaus, jedoch, wer hatte schon ein Haus auf Mallorca? Die Renovierung stand ja bevor. Vorläufig musste ein Besen und vielleicht ein wenig Farbe übergangsmäßig genügen. Na ja – Mamas Worte galten auch hier: immer den Blick nach vorne richten. So war es auch zu meiner Art geworden. Wie es so ist lernt ja (hoffentlich) jeder Mensch von seinen Eltern. Der eine mehr, der andere weniger. Man lernt großes von seinen Eltern, oder auch viele Kleinigkeiten. Einer zeigte Dankbarkeit, ein anderer nicht. Ich war für den einen Punkt dankbar. Ich hatte auf diese Weise gelernt eine negative Sache zu verarbeiten, abzuschließen, um so den nächsten Schritt in die Zukunft zu machen. Als Paul starb hatte ich ja nur noch vor mich hingestarrt. Ich war unfähig weiterzuleben. Vegetierte eher. Ein andauerndes Trauma. Aber ein Spruch wie: das Leben geht weiter, oder eben – schaue nach vorne. Die Sprüche alleine richteten natürlich nichts aus, aber dass ich es mir zu Herzen nahm und auch andere Ratschläge umsetzte, verbesserte in gewisser Weise mein Leben. Denn ich brauchte diesen „Schwung" der in den Sprüchen wohnte. Nun, es würde auch hier und heute weitergehen. Als erstes wollten wir in dem Ort zu Abend essen. Das verbesserte meine Stimmung merklich. Wir beschlossen, im Haus nur zu schlafen. Essen würden wir jeweils in einem der vielen Restaurants. Damit konnte ich gut leben.
Die Pizza war sehr fein, und ja, wir haben uns eine Flasche Rotwein kommen lassen, und später sogar noch eine weitere Flasche. Ich war nicht mehr ganz nüchtern als wir die Heimreise antraten. Relativ

benebelt fiel ich in das antike Bett. Doch halt, was war das? Als ich die Bettdecke zurecht zog, entdeckte ich einen roten BH... eher ein leichtes, durchsichtiges Nichts. Ein Dessous der raffinierten Art. Und ganz sicher nicht mein Teil!

Ich zupfte ihn heraus. Er war zwischen Bett und Wand gerutscht. „Was ist das denn?" - fragte ich Toni.

„Ein BH, wie es scheint. Aber glaube mir dass ich nichts damit zu tun habe. In meiner Abwesenheit ist Silvio hier der Chef. Er kümmert sich um das Anwesen und hat vor unserer Ankunft bereits etwas Ordnung gemacht und wird auch die Renovierung in die Hand nehmen. Ich kenne ihn seit langem und vertraue ihm. Klar, er führt ein lockeres Leben, ist ein rauer Typ, aber er hat das Herz auf der richtigen Seite. Und ja, ich verzeihe ihm, wenn er, während meiner Abwesenheit die Hütte als Liebesnest nützt."

Skeptisch versuchte ich in seinen Augen zu lesen ob er mich anlog oder ich ihm Glauben schenken konnte. Ich wollte ihm glauben. Wenn der BH doch von einen seiner früheren Bekanntschaften war, wäre das vor meiner Zeit gewesen. Was mich wieder zu Mamas Spruch brachte, immer nach vorne zu schauen. „Nie zurück", hatte sie letztens noch gesagt. „Das bringt nur Verwirrung und keine Ergebnisse" - meinte sie mit Recht.

Aber ich nahm mir vor, Toni in Zukunft mit anderen Augen zu betrachten.

Und leider lieferte Toni neues - „negatives Futter". Mein Gehör ist ziemlich gut. Und so kam es, dass – am nächsten Abend... wir waren im selben Restaurant wie gestern, sein Handy läutete. Deutlich vernahm ich eine Frauenstimme. Er sprang dann auch rasch vom Platz – so, dass sein Stuhl weit nach hinten rutschte. Ein (wohl Deutscher) Tourist beschwerte sich, da der Sitz ihm ans Bein fiel. Toni entschuldigte sich kopfnickend. Der Mann in kurzen Hosen und Metallica-T-Shirt nahm die Entschuldigung an. Er ging einfach weiter zu seinem Tisch. Seine Frau schüttelte energisch den Kopf. „Er hat es ja nicht absichtlich gemacht" - hörte ich den Mann sagen.

Ich sah das ganz anders! Toni hatte mich, nur einen Tag nach der BH-Story, scheinbar schon wieder angelogen. Wenn er zurückkam würde er mir erklären müssen, wer am anderen Ende der Leitung war.

Als er kam klärte er sofort auf. „Das war meine Ärztin", meinte er. „Sie kommt morgen hierher."

„Aha, und was will sie hier?" - fragte ich etwas boshaft.

„Sei mir nicht böse", meinte er. „Ich erkläre dir alles".

„Warum erklärst du es nicht jetzt?"

„Es ist nur ein Geschäft... ehrlich!"

„Mit deiner Ärztin?"

„Ja!"

Der Kellner kam und rette Toni vorläufig vor einer Antwort. Er nahm die Bestellung auf. Ich konnte sehen, wie es hinter der Stirn von Toni arbeitete. Als Schauspieler konnte er sicher in gewisser Weise vieles überspielen – diese Situation brachte ihn jedoch an seine Grenzen. Was jedoch in keinster Weise verwunderte. Er schaffte es ohne zu Stottern die Bestellung aufzugeben und – wie ich vermutete, sich eine Story auszudenken, die er mir gleich auftischen würde.

Zu meiner Verwunderung erzählte er etwas, was mich sehr ungläubig werden ließ. „Eh, um genau zu sein ist es eine Kollegin... eine Schauspielerin die eine Ärztin spielt..."

Ich unterbrach ihn mit den Worten: „Und die muss aus welchem Grund hierher... an unseren Urlaubsort!?"

„Eh, wir drehen ja bald eine Arztserie und da hab ich so ein paar Ideen für das Drehbuch... und dann wollen wir noch einen Dialog durchsprechen und einüben. Du hast halt einen Künstler als Freund" - er rang sich ein Lächeln ab.

Ich nickte verständnisvoll, aber dennoch stellte ich die Fragen: „Aber warum hat das keine Zeit... warum muss das morgen sein?"

„Nun, sie ist sowieso hier auf Mallorca. Nur am anderen Ende der Insel. Es dauert nicht lange, mein Hase... ich fahr dahin, wir reden kurz, und dann mach ich mich wieder auf den Weg!"

Er hatte mich noch nie Hase genannt, und ich fand es doof. Und die

Erklärung von ihm fand ich etwas dünn. Ich fragte daher:
„Ja, ich verstehe, aber warum muss es gerade jetzt sein. Bis ihr
dreht, gehen sicher noch Wochen ins Land. Oder sehe ich das
falsch?"

„Eh, nein – das... eh... ich verstehe deine Aufregung" - stotterte er.
Aber glaube mir, sonst ist nichts!"

Langsam wurde ich böse: „Kannst du oder willst du mir nicht
sagen, warum das gerade morgen sein muss?"

„Ja, nein... eh, das Drehbuch wird gerade geschrieben. Wir kennen
den Autor. Wir haben das Drehbuch gelesen. Uns gefällt das eine
oder andere nicht, und wir wollen unseren Senf hinzugeben."

„Warum morgen!?" - ich schrie die Worte fast heraus, sodass sich
Leute im Restaurant bereits nach uns umdrehten.

„Nichts... keinen Grund – keinen, den du jetzt auf Anhieb verstehst.
Wir wollen nur schnell reagieren. Das ist alles!" Bei diesen Worten
nahm er meine Hände in die Hand und streichelte mich sanft.

Ich versuchte den Abend zu retten und schwenkte daher auf ein
anderes Thema um. „Du freust dich sicher schon, wieder zu drehen.
Hast ja eine längere Pause hinter dir... war ja lange kein Drehtag."

Wo hat er eigentlich sein Geld her?

„Ja, da hast du zwei Mal recht. Es ist fast ein Jahr her und ich freue
mich auf den nächsten Dreh."

Das Essen wurde serviert und das Thema wurde somit beendet. Ich
wollte unserer Liebe wegen, die ja an sich doch eine feine Sache war,
bei der das Meiste stimmte, nicht wegen einer Unstimmigkeit, einen
Streit vom Knie brechen. Das hätte nichts gebracht – und, ob er mich
anlog oder nicht... nun, das würde sich noch herausstellen. Aber die
Frage die mir eben durch den Kopf schoss, blieb unbeantwortet:
womit bezahlte er das alles? Sein – oder nun UNSER Lebensstil, war
ja nicht billig. In der Zeit, in der man ihn des öfteren im TV sah,
auch in internationalen Produktionen, konnte man erahnen, dass er
zu den Besserverdienern gehörte. Aber da er ja immer noch auf
größerem Fuß lebte, aber seit wohl einem Jahr kein Einkommen
hatte, war die Frage ja gestattet, woher das viele Geld kam, das er –
seit einiger Zeit mit mir zusammen, mit beiden Händen aus dem

Fenster warf. Das erste Mal kamen, was Toni anging, Zweifel auf.
Die Bewunderung die vorhanden war als wir uns kennengelernt
hatten, war merklich geschmolzen. Ganz so, wie das berühmte Eis in
der Sonne. Ich war, was sein Beruf anging, leicht enttäuscht, da ich
nicht wusste, ob er mich anlog. Wenn einer mal eine Zeitspanne hat,
in der er kein Geld verdient, wäre mir lieber gewesen, wenn
derjenige – also damit meinte ich Toni, etwas sparsamer mit dem
Geld umging. Ich war die ganze Zeit davon ausgegangen, dass er
bisher von seinem Vermögen gelebt hatte, und dieses bei nächster
Gelegenheit wieder aufstocken würde. Nach dem heutigen Abend
hatte ich jedoch meine berechtigten Zweifel. Das Gefühl, dass er
mich mit der „Ärztin" angelogen hatte, hatte die Zweifel in mein
Hirn gezaubert. Und dies war gut so. Wenn ich noch etwas von
Mama gelernt habe, dann, dass man nicht zu blauäugig durchs Leben
gehen soll. Für mich bedeutete das: Augen auf im „Straßenverkehr" -
was auch ein wahrer Spruch von Mama war. Dies sollte mein Credo
für die Zukunft werden; wenngleich ich uns den Abend, und auch
meine – unsere – Zukunft nicht verbauen wollte. Ein weiterer Spruch
von Mama kam mir in den Sinn: Kommt Zeit, kommt Rat. Oder: die
Zeit wird' s zeigen.

Als Toni sich tags drauf mit dieser mysteriösen Unbekannten traf;
ich hatte ja nicht einmal einen Namen, hatte er plötzlich ein neues
Rasierwasser! Sein altes hatte zu ihm gepasst, warum das Neue –
wollte er die Frau bezirzen? Ich schob den Gedanken wieder beiseite.
Wie Mama sagte: die Zeit würde es zeigen, da (ein weiter wahrer
Spruch) – Lügen kurze Beine hatten, was hieße, dass Lügen immer
herauskommen. Dann wäre immer noch der Zeitpunkt Wut! Ich
hoffte jedoch inständig, dass an meinen negativen Befürchtungen
nichts dran war. Es hieß abzuwarten und Tee zu trinken.

Er kam ohne weitere Worte zurück. Erst auf meine Nachfrage, wie
das Treffen gelaufen sei, antworte er, dass alles prima gelaufen wäre.
„Alles wie geplant. Wir geben dem Autoren unsere Bedenken und
Vorschläge weiter. Mit Ralf kann man reden. Er wird sicher darauf

eingehen" - meinte er.

Nun, erst einmal würde ich ihm glauben. Was bliebe mir auch anderes übrig. Wenn alles wahr war, war ja alles in bester Ordnung. Er würde drehen und wieder Geld verdienen. Und alles würde wieder seinen gewohnten Gang gehen.

Hoffentlich!

Denn unsere Liebe glich einem chinesischen Haus-Renovierung-Gerüst, das ja bekanntlich aus Bambus besteht. Alles leicht, natürlich und dennoch unglaublich stabil. Es wäre schade, wenn alles zerbröseln würde, wie eine alte Sandburg.

Kapitel 6
Wieder zuhause

Ich hatte zwar noch das Zimmer bei meinen Eltern, aber eigentlich lebte ich bei Toni. Wir waren nun mehr als ein dreiviertel Jahr zusammen. Weihnachten war vorbei und wir warteten sehnsüchtig auf das Frühjahr. Auf den Zeitpunkt, dass die Sonne wieder die trüben Wolken vertreiben würde... die Bäume endlich wieder Blätter bekommen würden. Das erste Grün der Bäume war immer besonders.

So war ich auch an diesem Tag wieder in seinem Haus. Er war wieder unterwegs bei der „Ärztin". Ich hatte mir vorgenommen vorläufig keine weiteren Fragen diesbezüglich zu stellen. „Rock ´n Roll all night" - von „meiner" Rockgruppe kam im Radio. Eines der Lieblingslieder von Paul und mir. Ja, es war immer noch so, dass sich Paul in meine Gedanken schlich. Durch ein Lied, wie gerade jetzt. Oder ein Bild, das mich an ihn erinnerte – egal, ob es ein Schauspieler im TV war, der ihm glich, oder eine Landschaft die irgendwo zu sehen war, welche mich an einen Ort erinnerte, wo wir mal waren. Auch lief mir Max hier und da vor die Füße. Zwangsläufig kamen dann Erinnerung an die Motorradzeit wieder hoch. Und dies, obwohl Max stets vermied, davon zu reden – also den Unfall nicht mehr zur Sprache zu bringen. Er war ein Schatz. Immer wenn ich ihn traf, fragte ich ihn, ob er immer noch alleine war – er noch immer keine Freundin hatte. Ich konnte nie fassen, wenn er dann wieder meine Frage diesbezüglich verneinte, warum er keine Frau fand. Er war das, was sich eine Mama als Schwiegersohn wünscht. Einfühlsam, nett, gutaussehend... er hatte eigentlich kaum Makel. Ich konnte es nicht verstehen.

Toni kam spätabends nach Hause. Er war sichtlich schlecht gelaunt.

„Was gibt's denn?" - war daher meine Frage.

Ohne zunächst eine Antwort zu geben, oder mich, wie gewohnt mit einem Kuss zu begrüßen, lief er erst einmal zur Hausbar. Diese sah aus wie aus den fünfziger Jahren. Schwarzes Leder und Chrom. Daraus bestanden die drei Hocker die vor der halbrunden Theke standen. Die Arbeitsplatte der Theke bestand aus weißem Marmor. Die Wand dahinter war ein einziges Regal aus Chrom und eingefärbtem Glas. Im Regal alle Sorten Schnaps und Likör. Bunte, beleuchtete Flaschen... sahen schön aus. Wenn sie voll waren; die meisten der Flaschen waren allerdings eher leer. Er nahm sich ein Whiskyglas und goss sich ein. Nach kurzem Zögern füllte er das Glas beinahe randvoll. Dann trank er. Er trank das Glas fast in einem Zug halbleer.

„Was hast du denn?" - fragte ich erneut. Dieses Mal antwortete er. Er rang sich ein gequältes Lächeln ab und gab mir einen Kuss auf die Wange.

„Entschuldige... du kannst natürlich nichts dafür. Die... die..." - stotterte er.

Waren das Tränen in seinen Augen?

„Die wollen mich nicht in ihrem scheiß Film! Mir geht langsam das Geld aus" - vollendete er seinen Satz. Und bei den Worten mit dem Geld sah er mir direkt in die Augen. Sein Blick schmerzte, weil er mich zu durchbohren schien. Irgendwie schien er mir doch die Schuld zu geben – so nach dem Motto: du hast mir zwar die Liebe gebracht, aber das brachte mir Pech im Job. Auch wenn er sagte, dass ich nichts dafür könne – durch den vernichteten Blick, hatte ich das Gefühl, dass er mich doch irgendwie meinte. Das schoss eben der pure Hass aus seinen Augen. Keine Liebe.

Ich hatte das Gefühl ihm das sagen zu müssen: „Das tut mir echt leid... auch dass dir das Geld ausgeht... aber – Ich kann nichts dafür! Ich helfe dir wenn ich kann; wenngleich ich im Moment auch nicht weiß wie! Aber – wenn dir das ein Trost ist – meine Mutter sagte immer, dass es irgendwie weiter geht. Immer. Man muss sich neue Wege suchen. Hast du einen Manager... eine Agentur, die sich um dich kümmert? Was sagen die dazu?"

Er entschuldige sich erneut und gab mir dann einen zärtlichen Kuss.
Mit den Worten: „Ja, du hast Recht. Ich werde mir was einfallen
lassen" - schien sich seine Laune wieder zu bessern.

„Mein Manager meint, die wären dumm... einen Besseren würden
sie für die Rolle nicht finden... und" - er machte eine längere Pause,
bevor er weiter redete: „Ich solle mal weniger trinken!"

„Warum meint er denn das? Ich habe dich nie betrunken gesehen...
noch nicht einmal angeleiert!"

Obwohl wir ganze Flaschen Wein geleert hatten
Ja, er konnte was vertragen – schoss es mir ins Gehirn.

„Das kann doch kein Grund sein".

„Nun, die hat gestört dass ich das Drehbuch ändern wollte... ich
hatte bei der Probe den falschen Text im Kopf. Das kann doch jedem
Mal passieren... oder." Er sah Mitleid-erhaschend zu mir rüber. Und
in der Tat – ich hatte Mitleid.

„Du hast es doch nur gut gemeint!" - und streichelte bei den Worten
seine rechte Wange. „Ich kenne mich natürlich in der Branche nicht
so aus... kann sein, du hättest deine Änderungswünsche besser erst
mit dem Regisseur durchgesprochen... kann das sein?"

„Genau das hat auch Carlos gemeint."

„Wer?"

„Carlos Refus – mein Manager. Er riet mir dann weiter auf solche
Spielchen in Zukunft zu verzichten und ich solle das Reden ihm
überlassen. Dafür würde er schließlich bezahlt werden. Er sieht sich
für mich für weitere Rollen um."

„Die gingen nicht gerade zimperlich mit dir um... das hast du nicht
verdient. Nur, weil es mal nicht gleich nach deren Nase ging!" -
sagte ich erbost – und war das auch.

„Das Geschäft ist hart. Hart umkämpft. Es gibt immer genügend
Kollegen, die nur auf ihre Chance warten und unbarmherzig
zuschlagen, wenn ihnen einer einen Löffel reicht. Dann kommt der
berühmte Spruch zum tragen, dass die dann den ganzen Arm
abreißen."

„Tut mir echt leid."

„Und mir tut es auch leid" - erwiderte er. „Du kannst natürlich nichts dafür... und – du baust mich auch noch auf!" - mit den Worten nahm er mich in den Arm und drückte sich fest an mich.

„Das ist der Toni den ich kenne", flüsterte ich ihm ins Ohr. Und er begann leise zu Weinen. „Du stehst auf und machst weiter!"

Toni löste sich von mir, wischte sich die Tränen aus den Augen, und schaute mir fest in die Augen. Dann versprach er dies zu tun.

„Weitermachen... ja, das werde ich."

Dann trank er aus und wir gingen in die Küche. Wir hatten beide Hunger bekommen und bereiteten uns ein kleines „Gutenacht-Mahl" aus dem, was der Kühlschrank hergab.

Doch Tage und Wochen, ja, sogar Monate vergingen, ohne dass sich etwas tat. Oft, wenn er heimkam, war er mürrisch und schlecht gelaunt.

An einem Abend geschah etwas seltsames. Toni kam wieder einmal spät nach Hause. Ich lag im Bett, konnte seine Schnapsfahne jedoch bis hierher riechen. Ich hatte die Tür zum Wohnzimmer offen stehen lassen. Zum Einen, damit ich ihn hören konnte, wenn er kam – zum Anderen, weil es so heiß war. Der Sommer war zur Höchstform aufgefahren. Es war zwar bereits Mitte August, aber dieser Sommer wollte beweisen, was in ihm steckte. Die Temperaturen waren auch in der Nacht noch um die zwanzig Grad Celsius. Also eine Tropennacht. Und ich schwitzte unter meiner Bettdecke. Auch wegen dem was ich sah.

Ich konnte mal wieder nicht schlafen – wegen der Hitze und weil mir ungute Gedanken durch den Kopf gingen. In letzter Zeit war Toni oft alleine unterwegs. Er würde sich mit Autoren und Kollegen treffen. Und mit Carlos, seinem Manager. Ich glaubte das nicht. Wunderte mich aber, dass er immer noch Geld hatte.

Hatte er nicht gesagt, er hätte bald nichts mehr?

Und jetzt? Ich lag da auf der Seite, mit offenen Augen, und konnte sein Treiben gut verfolgen. Er hatte sich an der Bar – als erstes, nachdem der die Tür hereingekommen war, einen Whisky genehmigt. Wieder ein fast volles Glas, ohne Eis. Wenn er abends mal genüsslich vorm Kamin seinen Drink nahm, dann war wirklich nur der Boden des Glases bedeckt, und der Rest bestand aus Eiswürfeln. Wenn er aber, wie jetzt, Stress hatte, weil etwas schief lief oder nicht klappte, dann schüttete er das Zeug regelrecht in sich hinein. Mich verwunderte dann nur, dass er trotz allem immer halbwegs nüchtern erschien. Er hatte, in den nun bald zwei Jahren, in denen wir uns kannten nie gelallt oder war besoffen herumgetorkelt.

Nun fiel ihm ein ganzes Bündel Geld aus der Jackentasche, als er die Jacke umständlich auszog, um sie über den Stuhl zu legen. Das Bündel war eines derer, wie man es in amerikanischen Filmen sieht. Fest zusammengerollt und mit einem Gummiband zusammengehalten. Ein dickes Bündel! Ich schätzte den Betrag aus der Ferne... es mussten mindestens fünftausend Euro sein – oder mehr. Was ich sah, waren Hundert-Euro-Scheine. Es konnten aber auch größere Scheine in der Mitte sein. Es konnten also gerne zehntausend Euro sein. Das konnte ich nicht genau abschätzen. Jedenfalls war es eine Menge Geld.

Ich beschloss in dem Moment ihm das nächste Mal heimlich zu folgen, wenn es das nächste Mal hieß: ich treffe mich mit meinen Freunden. Ich würde mir gegebenenfalls ein Auto leihen und mich verkleiden, wenn es sein müsste. Ich musste herausfinden, woher er so viel Geld hatte.

Und er ließ nicht lange darauf warten.

Ich selbst hatte mir vorgenommen, erst einmal gute Miene zum bösen Spiel zu machen und nichts zu erwähnen. Ich fragte am nächsten Morgen stattdessen, ob Carlos sich mal gemeldet hätte. Ein knappes „Nein", gab mir Gewissheit, dass er log. Das Geld kam jedenfalls nicht von einem Dreh – das hätte er mir auch stolz berichtet.

„Nein, leider..." - wiederholte er. Aber ich muss in drei Tagen wieder los. Ich treffe mich mit ihm um zu bereden, wie es weitergeht."

„Okay", sagte ich - „ich drücke dir beide Daumen, dass es mal wieder klappt. Was macht das liebe Geld... ich weiß, du willst das sicher nicht, aber, wenn es sein muss, würde ich dir was geben. Wäre das in Ordnung?"

„Nein, mein Schatz, lass mal – ich bekomme das schon hin. Mache dir nur keine Sorgen. Der große Toni ist noch immer auf die Füße gefallen. So wird es auch dieses Mal sein. Ich sehe und höre mich um und es wird sich schon was finden, glaube mir."

Eine innere stimme verriet mir jedoch etwas anderes. Sie sagte mir, dass nichts weiter passieren wird, aber ich wollte ihm erst einmal glauben. Versuchen würde er es sicher. Ob es klappen würde stand auf einem anderen Blatt.

Kapitel 7
Die Lüge

Einen Tag später hatte er Carlos tatsächlich angerufen. Ich hatte gerade Feierabend und kam ins Wohnzimmer als er sich gerade von Carlos verabschiedete.

„Tschau Carlos, bis übermorgen... ja abends um neunzehn Uhr. Wir freuen uns" - log er, da ich ja bis zu diesem Zeitpunkt noch nicht einmal Carlos persönlich kannte. Geschweige denn wüsste, dass er kommen sollte.

„Das war Carlos... ich musste dich leider etwas überrumpeln. Ich lud ihn für Samstag zum Abendessen ein. Wir wollen alles besprechen. Carlos hätte eine Idee wie ich eine Rolle bekommen könnte. Er wollte am Telefon nicht so recht mit der Sache heraus. Aber ich bin guter Dinge. Wenn Carlos sagt, er hätte eine Idee, wie es für mich weitergehen kann, dann hat er was in petto, ganz sicher."

Ich hatte ihn lange nicht so über das ganze Gesicht strahlen sehen. Er roch auch nicht nach Alkohol. Nein, er hatte die Haare gekämmt und roch nach dem feinen Duschgel, das ich ihm geschenkt hatte.

Ich musste zugeben, dass ich seit längerem schon nicht mehr total auf Tonis Seite stand. Er hatte gelogen. Jedenfalls, was seine Geldquelle anging. Aber da würde sich ja morgen zeigen, was es damit auf sich hatte. Die meiste Zeit über hatte ich ja den Verdacht, dass er sich mit anderen Frauen treffen würde. Der „Ärztin" zum Beispiel – oder einer anderen „Kollegin". Der fremde BH, immer wieder mal ein neues Rasierwasser... die Treffen mit Freunden, die bis in die Nacht dauerten. Bis die Sache mit dem Geld war. Egal mit wem er sich traf. Eine Frau würde ihm kein Geld geben – und auch kein Kollege. Jedenfalls nicht so viel.

„Das freut mich! Siehst du, Mama hatte Recht. Immer die Augen offen halten und nach vorne gerichtet. Dann findet sich für alles eine

Lösung!"
„Ja, deine Mama hat recht. Aber morgen Abend muss ich wieder
los. Ich will Leo treffen – den Autor, von dem ich dir erzählte.
Vielleicht ergibt sich da noch etwas" - verkündete er gutgelaunt.
„Na, das wäre doch toll!"
„Ja, toll".

Ich hatte mich mit Max in Verbindung gesetzt. Er war der Einzige
von der alten Truppe, dessen Handynummer ich hatte. Ich fragte ihn
ob ich seinen Pickup haben könnte. Er fragte weder ob ich einen
gültigen Führerschein habe, warum ich sein Auto bräuchte, wann ich
es zurückbringen würde – noch, ob ich so ein großes, starkes Auto
überhaupt fahren könne."
Gutmütig und leichtgläubig gab er mir die Schlüssel. „Am besten,
du fährst erst einmal ein paar Runden um den Block, damit du dich
an die Karre gewöhnst."
„Ja Max, keine Sorge. Ich bringe dir dein Ungetüm morgen
wieder."
„Ist gut".
Ich tat etwas, wo ich mich selbst über mich wunderte. Ich küsste
Max zart auf den Mund. Als ich „Goodbye" sagte, musste ich fast
lachen. Max hatte immer noch die Augen geschlossen und spitzte
noch den Mund, als warte er darauf noch einen Kuss zu erhaschen.
Das tat er auch
Ich war jedoch bereits auf dem Weg zu seinem Auto. Lächelnd
dachte ich an den guten Max. Er erheiterte mich, wann immer ich ihn
sah. Er tat mir stets gut – immer wenn wir uns trafen hatte ich ein
gutes Gefühl. Und dieses Gefühl hielt immer, wie heute, an.
Als ich vor seinem riesengroßen Pickup stand, erinnerte ich mich,
dass das Auto über vierhundert PS hatte und um die zweieinhalb
Tonnen schwer war. Der Rat, erst einmal ein paar Proberunden zu
fahren war wohl kein schlechter Rat. Ich schloss auf und wunderte
mich, dass eine Stufe elektrisch nach unten fuhr. Das war natürlich
praktisch. Ich erklomm das Fahrerhaus und ließ den Motor an. Die
acht Zylinder der Maschine übertönten beim Anlassen das Radio. Ich

erkannte, dass die Musik von einer CD kamen. Passend erklang: Detroit, Rock City – toll aber komisch. Max hatte den selben Musikgeschmack wie ich. Das Brummen im Lied ähnelte dem des Motors des Pickup´s. Mit einem leichten Ruck fuhr ich an. Nach relativ kurzer Zeit fand ich mich zurecht. Man hatte eine regelrechte Weitsicht. Die Sitze waren weich und das Auto gut gefedert. Das einzige, was ich mir gewünscht hätte, war, dass er etwas leiser gewesen wäre. Für mein Vorhaben – Toni zu bespitzeln, hätte das besser gepasst. Ich musste halt auf Abstand gehen und hatte mir daher – in weiser Voraussicht, wie Mama es nennen würde, ein Fernglas besorgt. Dieses hatte ich in einer Kunststofftasche mitgeführt und legte es nun auf die Beifahrerseite. Ich parkte in der Nähe von Tonis Auto. Es war ein klarer Tag und die Sicht war gut. An einem Regentag wäre die „Polizeiaufgabe" schwieriger gewesen. Ja, ich kam mir in der Tat vor wie ein Detektiv, der den Verbrecher beschattet. Das Glück war auf meiner Seite. Nach nur kurzer Wartezeit kam Toni aus dem Haus und stieg in sein Auto. Ich ließ den Motor an und wartete, bis er anfuhr. Dann folgte ich in einem Abstand, bei dem ich ihn nicht aus den Augen verlor. Ich aber auch so weit weg war, dass ich nicht sein Interesse weckte. Es klappte ganz gut. Wir fuhren aus der Stadt. Nach einigen Kilometern fuhren wir auf die Autobahn, Richtung München. So weit ging die Reise natürlich nicht. Bereits nach der nächsten Ausfahrt verließen wir die Autobahn wieder. Der Weg führte uns zu einem Hotel in dessen Restaurant sich viele Ausflügler ihr Essen schmecken ließen. Rund herum war Wald und die Leute wanderten oder spazierten um den Weiher des Naherholungsgebietes. Das war ebenfalls Glück. Ich konnte unbemerkt hinter einem Strauch am Wegrand parken. Von meinem Platz aus hatte ich einen hervorragenden Blick auf die Terrasse des Hotels. Dort war Toni gerade dabei sich an einen der vielen Tische zu setzen. Keine zwei Minuten später erschien ein dunkelhaariger Mann am Tisch. Er hatte einen dichten, fast schwarzen Bart und sah südländisch aus. Hatte also einen relativ dunklen Teint. Der Typ war groß und hatte eine athletische Figur. Am auffälligsten war jedoch eine Art Koffer, den er bei sich hatte. Das

Behältnis war aus hellem Kunststoff. Auch die Griffe waren aus Plastik. Auf dem beinahe rechteckigem Koffer war, wie ich nun entdeckte, ein rotes Kreuz! Nach nur wenigen Worten die die beiden wechselten, ließ der Fremde den Koffer einfach stehen und ging. Toni verhielt sich als ob er einen alten Kollegen vor sich hatte. Ich ahnte, dass die Beiden sich bereits länger kannten. Jedenfalls rief Toni dem Fremden noch was hinterher und dieser lachte, während er die Terrasse verließ. Toni schaute auf seine Armbanduhr. Der Kellner kam und Toni bestellte etwas. Nach wenigen Augenblicken servierte der Ober Toni einen Kaffee. Minuten später kam eine Frau an Tonis Tisch. Ich kombinierte – das musste die „Ärztin" sein. Sie begrüßten sich ohne viele Worte. Die Frau setzte sich zu Toni. Sie redeten ein paar Worte. Dann legte die Frau etwas Rundes auf den Tisch... ich überlegte, was das sein könnte. Form, Farbe und Größe – ja klar; das war ein Geldbündel, wie ich es bereits vor kurzem sah. Länger hielt sich die Frau nicht auf. Sie verschwand mit dem Koffer!

Mir fiel ein, dass ein Krankenhaus in der Nähe war! Toni war ein Organhändler!

Ich war mit einem Verbrecher zusammen!

Toni handelte illegal mit Organen, das war so sicher wie das Amen in der Kirche. Was sollte ich tun? Mir war klar, dass er von etwas leben musste. Sicher, sein Luxusleben – das hätte er nicht gebraucht. Meines Wissens, konnten sich auch Schauspieler arbeitslos melden. Oder er hätte einen anderen Job annehmen können. Irgendetwas hätte sich gefunden. Aber da war sich der Herr zu schade dafür. Es war aus zwischen uns. Soviel war mir jetzt schon klar... ich konnte jedoch nicht... ich wusste noch nicht, wie ich weiter vorgehen würde. Ich nahm mir vor erst einmal eine Nacht darüber zu schlafen. Alles zu überstürzen – das brachte hier nichts. Das positive war... irgendjemand würde weiterleben, an diesem Tag. Musste nicht sterben. Wahrscheinlich ein reicher Mensch. Und, wo die Organe herkamen... das wollte ich gar nicht erst wissen. Was das Verbrechen anging – hier machte ich mich wohl selbst bereits als Mitwisser mitschuldig. Ich dachte, dass man mir verzeihen würde. Ich würde die nächste Gelegenheit nutzen es zu melden. Für das was bisher war... da war alles entschieden und nichts mehr zu verändern. Und – auch wenn der Patient, der das Organ erhielt, nicht auf rechtem Weg zu dem Organ gekommen war – auch er oder sie war ein Mensch, und hatte das Recht auf Leben. Dass Derjenige reich war, änderte nichts daran, dass er oder sie Schmerzen und Angst hatte, sein Leben zu verlieren. Doch der Gedanke wurde mir zu philosophisch. Ich war nicht diejenige, die sich über dieses Thema ein Urteil erlauben wollte. Recht oder Unrecht – das würden die Richter entscheiden. Ich, das war klar, käme nicht umhin den Vorfall zu melden. Doch eines nach dem anderen (war das nicht auch einer von Mamas Sprüchen?) - auch für mich musste ich schauen, wie es weitergeht. Alles sacken lassen – dieser Spruch war ausnahmsweise von Papa. Passte aber – egal, von wem der Spruch kam oder wie alt einer der Sagen war. Irgendwie stimmte es immer.

Ich ließ erneut den Motor an und fuhr los. Ich hatte genug gesehen und war bedient für heute. Aus den Augenwinkeln sah ich, dass Toni seinen Kaffee austrank und verschwand. Er hatte wohl, nach amerikanischer Sitte, das Geld, samt Trinkgeld, auf dem Tisch liegen lassen. Es wurde Zeit. Ich würde Max sein Auto bringen, in mein Auto umsteigen und würde – wie immer, nach Hause fahren. Ich musste dann von „180" wieder auf Normalpuls kommen, um mich dann möglichst normal zu verhalten. Meine Idee war mich so normal wie möglich zu verhalten. Alles auf mich zukommen zu lassen und dann zuzuschlagen. Es musste sein. Wenn es auch hieß mein Leben wieder neu zu beginnen.

Aber -
war das Leben je gerecht?
Dieser Spruch stammt von mir (glaube ich)

Es hieß jedenfalls wieder die Straße zu wechseln. Doch diesen Weg musste ich finden und ebnen...

Kapitel 8
Carlos

An dem Abend hatte ich Toni nicht mehr gesehen und das war auch gut so. Es wäre mir schwer gefallen ihm ohne Rot zu werden unter die Augen zu treten. Ich war auch müde. Die Nerven kosteten mich Kraft. Toni hatte wohl noch gefeiert, dass er wieder Geld in der Tasche hatte. Wie oft er das wohl schon gedreht hatte?
Gedreht hat er... ja, auch eine Art Schauspiel...
Nur, dass es sich um ein böses Spiel handelte. Eines, das nicht rechtens war. Wie man auch darüber denken wollte oder konnte – es gab Gesetze, und da hatte sich auch der große Toni daran zu halten. Mir blieb jedenfalls wörtlich gesehen die Möglichkeit über alles zu schlafen. Das tat ich auch. Ich hatte wieder die Tür offen stehen lassen. Doch dieses Mal fielen mir, es musste weit nach Mitternacht sein, die Augen zu. Bevor ich schlief fiel mir aber ein, dass Carlos ja kommen wollte. Ich beschloss – quasi als letzte Chance, dieses Gespräch noch zu zuzulassen. Wer weiß, wenn er wieder als Schauspieler Fuß fassen würde – vielleicht würde er das andere „Geschäft" dann sausen lassen?

Nein! Aber ich würde dafür sorgen, dass dies der Fall wäre!
Meine Aufgabe wäre es dann, ihm ins Gewissen zu reden. Was war, war vorbei. Ich wusste, dass Toni im Grunde kein schlechter Mensch war...
Oder?
Er hatte eine Chance verdient. Wem brachte schon ein Skandal etwas? Niemanden.

Der Abend kam näher und das Essen galt es vorzubereiten. Toni half mir. Wir bereiteten Salat, Putenfleisch, Pommes und eine

Rahmsoße vor und stellten alles in den Kühlschrank, sodass wir es abends nur zubereiten. Das Essen wäre dann ganz schnell serviert. Wir redeten darüber, wie der Abend laufen sollte.

„Hast du dir überlegt, wie du vorgehen willst?" - fragte ich Toni.

„Er hat gesagt dass er eine Idee hätte. Am Telefon hat er was von einer Rolle in einem Fantasyfilm gesagt. Vielleicht sogar die Hauptrolle. Er würde schauen, was sich machen ließe. Ich werde ihn fragen, was er sich vorgestellt hat, um dieses Ziel zu erreichen."

Ich nickte: „Das hört sich zwar ein bisschen geheimnisvoll an... kannst du diesem Carlo vertrauen... was ist das für ein Typ?"

„Er ist etwa fünfundfünfzig Jahre alt und der typische Geschäftsmann. Erinnert eher an einen Bankier, obwohl er äußerlich wie ein Künstler auftritt. Er hat oft lange, schwarze Ledermäntel an und auch Lederhosen mit Nieten. Und lange, weiße Schals."

Ich nickte erneut und sagte, dass wir das schon hinbekommen würden, und dass ich ihm ganz fest die Daumen drücken würde.

Carlos klingelte. Ein hager wirkender Mann betrat die Bühne, die wir unser Zuhause nannten. Er hatte genau die Klamotten an, wie es Toni am Mittag beschrieben hatte. Eine schwarz-weiße Kluft aus Leder und Chrom-nieten. An der linken Hand hatte er ganz viele Lederarmbänder, die an diese Freundschaftsbänder erinnerten. Nur, dass seine schwarz waren, und nicht bunt. Seine Haare waren dünn, lang und grau, und waren in den Spitzen sehr splissig. Tiefe Furchen durchzogen sein Gesicht, vor allem um den Mund herum. Seine gelblichen Zähne ließen vermuten, dass er viel rauchte oder mal geraucht hat. Er wirkte auf mich total unsympathisch, weil er den Eindruck machte ein arrogantes Arschloch zu sein. Seine Bewegungen und sein ganzes Gehabe wirkten einstudiert. Er schien eine gewisse Person nachzuahmen... so einen Rambo... oder wie der hieß. Wie man so sagt: mir ging er nicht ab – er war, jedenfalls was das Äußere anging, das genaue Gegenteil von Toni. Toni und ich glichen uns, was die Kleiderwahl anging doch sehr. Jeanshosen und T-Shirts – beziehungsweise, Toni zog gerne Hemden an. Meistens Unifarben. Ich hatte Toni nie in einem Poloshirt gesehen. Die wären ihm zu eng, hatte er einmal gesagt. Das dumme war, dass ich ihm an seinem Geburtstag, vor etwa einem halben Jahr ein ganzes Dreierset gekauft hatte. Nun, halb so schlimm. Wir haben es direkt im Laden gegen zwei Hemden umgetauscht. Eines davon, das Gelbe, hatte Toni gerade heute zufällig an.

Gab es Zufälle... oder ist alles Schicksal... oder selbst geplant?
Eine Frage die nicht nur Mama hin und wieder stellte. „Das Leben plant man", hatte ich ihr dann immer geantwortet. Stellte im selben Atemzug jedoch dann immer klar, dass das Geplante nicht immer hinhaut. „Oft kommen Begebenheiten von Außen hinzu, wo du planen kannst, wie du willst, es kommt oft genug was dazwischen, für das du nichts kannst", schloss ich meine Erklärungen, als wir mal über das Thema Schicksal geredet hatten. „Wie meinst du das?", hatte Mama mich damals gefragt. „Nun", antwortete ich - „stell dir vor, du bewirbst dich auf eine Arbeitsstelle. Mit dir noch neun Bewerber. Du bekommst die Stelle nicht. Die Frage, ob der Chef ein Idiot war und dein Potenzial nicht erkannt hat, oder einer der Mitstreiter einfach besser war... ist egal. Du hast dein Bestes gegeben, es hat dennoch nicht geklappt. Aber Fakt ist, dass du... derjenige nichts dafür konnte." Mama nickte.

Diese – meine eigenen Gedanken, erinnerten mich an meine Entscheidung. Ich gab, genau aus dem Grund, Toni die Chance wieder als Schauspieler Erfolg zu haben. Das würde sein Selbstbewusstsein wieder steigern. Vielleicht würde er dann auch mit der Sauferei aufhören. Alles schien sich lenken zu lassen... aus unerklärlichem Grund sah ich plötzlich den Motorradunfall wieder vor meinem inneren Auge. Ich schüttelte den Kopf um den Gedanken wegzuwischen. Die Hoffnung war, durch den Gedanken zuvor, jedoch zum Leben erwacht.

„Hast du kalt?" - fragte mich Toni.

„Ja, mich hat es eben überlaufen. Ich hatte Gänsehaut", log ich. Obwohl, so ganz gelogen war es nicht – jedenfalls, nachdem Carlos mich mit einem schiefen Lächeln anstarrte. Er schien mich gerade mit seinen Blicken auszuziehen. Sein Blick glitt über meine Brüste, hinab... zwischen meine Schenkel. Und es schien ihn nicht zu stören, dass ich ihn böse anschaute. Sein Lächeln blieb wie bei einer geschnitzten Figur. Ja, genau... er erinnerte mich an Kasper aus der Puppenkiste. Er hatte den selben teuflischen Blick aus dunklen, fast schwarzen Augen. Er widerte mich an. Seine fiepsende Stimme verbesserte die Sache nicht gerade.

„Ja, mein Mädchen... man sieht dass du kalt hast!"

Und ich ärgerte mich, dass ich unter meinem weißen T-Shirt keinen BH anhatte.

Nun, ich gab die berühmte gute Mine zum bösen Spiel. Es gehörte dazu. Wenn ich Toni unterstützen wollte – und das war der Fall, musste ich über solche Dinge hinwegsehen. Ich hoffte aber inständig, dass Toni wirklich eine Rolle bekam. Aber ich hoffte beinahe noch mehr, dass Toni diesen widerlichen Kerl nicht noch einmal zum Essen einlud.

Auf ins Gefecht hieß die Devise. Von nix kommt nix, wie Mama immer zu sagen pflegte.

Auf dem Weg ins Esszimmer fiel mir ein, dass – außer Paul, und nun auch Toni, nur noch ein Mensch mich beeinflusst hatte: Mama mit ihren Sprüchen... nein, da war noch einer. Max, der mit seinem guten Herzen und seiner Hilfsbereitschaft einen ebenso in seinen Bann zog. Ganz anders wie dieser Carlo. Ich hasste ihn jetzt schon.

Toni hatte den Tisch gedeckt und wir setzten uns an den runden Glastisch. Toni spielte auch den perfekten Gastgeber, indem er uns fragte, was wir denn gerne zu trinken hätten.

Ich begnügte mich mit einer Cola. Carlos bestellte einen Rotwein.

„Gern" - lachte Toni und machte sich auf den Weg. Er bediente uns, was mich dazu brachte es den Abend über so laufen zu lassen. Carlos war Tonis Gast. Sollte er ihn bedienen. Wir hatten vereinbart, dass ich kochen sollte. Nun war ich über diese Entscheidung froh. Ich stand auf und ging die paar Meter zur Küche.

„Ich bereite dann mal das Essen zu" - teilte ich mit. Ich hatte das Gefühl, dass Carlos mir fast die ganze Zeit über auf den Po schaute. Egal, der Abend würde vorüber gehen. Ich würde, wie besprochen, meinen Teil abliefern – würde später aber Toni darum bitten, dass ich diesen Carlos nicht mehr sehen müsse.

Die Beiden unterhielten sich, lachten auch mal, und der Rest des
Abend verlief ohne weitere Ereignisse, die erwähnenswert gewesen
wären. Es wurde viel getrunken und die Zwei zogen über andere
Schauspieler und den Regisseur her. Auch über den einen oder
anderen Autoren machten sie (schlechte) Witze. Über die eigentliche
Sache – warum Carlos ja eigentlich hier war, wie es mit Toni
weitergehen soll, redeten sie nicht. Vielleicht hatte ich es auch nicht
mitbekommen. Vielleicht hatten sie darüber geredet, als ich mal zur
Toilette war. Ich wollte mich nicht einmischen.

Irgendwann, ich kam gerade von dem Klo - es war weit nach
Mitternacht – und wir hatten alle genügend Alkohol intus, wurde ich
so müde, dass mir die Augenlider schwer wurden.
Etwas störte mich. Ich hatte im Urlaub und auch mal im Restaurant
des Öfteren einen über den Durst getrunken. Und immer wurde ich
müde. Jeder, der mal ein Glas zu viel getrunken hat, kennt diese
Müdigkeit. Es ist eigentlich ein wohltuendes Gefühl. Der Wunsch
kommt dann auf, auszutrinken, den (angenehmen) Abend ausklingen
zu lassen, um sich dann ins Bett zu begeben. Nachdem das Bett sich
dann einmal gedreht zu haben schien, schlief man dann ein.
Normalerweise
Aber diese Müdigkeit war komplett anders. Die Arme und Beine
wurden plötzlich unnatürlich schwer. Ich bekam Kopfschmerzen und
spürte, dass meine Zunge nicht so wollte wie ich. Krampfhaft
versuchte ich die Augen aufzuhalten, was mir quasi nicht gelang. Ich
schlief aber auch nicht ein. Alles schmerzte. Die Muskeln, die
Gelenke. Ich hörte ganz laut das Blut in meinen Ohren rauschen und
die Farben um mich herum wurden intensiver. Als ob die Tinte
sämtlicher Farben über das weiße Blatt geflossen wären - so sah ich
die Welt. Der silberne Kühlschrank wurde blau, dann rot. Das
Gesicht von Toni – verzerrt und gelb. Ich nahm die Dinge nur noch
halb wahr. Schemenhaft. Und Lückenhaft. In Momenten sah ich alles
ganz klar, dann wurde es für Sekunden schwarz. Dann schien ich die
Augen wieder zu öffnen. Ich bemerkte, dass die Beiden mich trugen.
Toni hatte mich unter den Armen hochgenommen und Carlos trug die

Beine. Es ging ins Schlafzimmer. Schwarz... dann wieder Weiß.
Einer hatte das Licht angemacht. Die Deckenlampe blendete mich.
Schlangen schienen über das Bett zu huschen. Ich schloss die Augen
erneut. Warum schlief ich nicht ein? Die Müdigkeit kam einer
Ohnmacht gleich. Ich konnte mich nicht bewegen und nahm dennoch
das Meiste wahr. Sie zerrten an mir, versuchten mich auszuziehen.
Jeder Versuch mich zu wehren misslang.
MAMA... Papa... Max... Hilfe!
Ich war wehrlos! Und mittlerweile nackt. Ich wurde mit schwarzen
Schlingen ans Bett gefesselt. Toni ging hinaus! Ich versuchte ihn
aufzuhalten ihm hinterherzurufen – nichts. Er blickte sich traurig um
und schloss die Tür hinter sich. Ich war mit Carlos allein – einem
Schwein ausgeliefert! Als letztes sah ich, dass er sich auszog. Dann
wurde es endgültig schwarz um mich. Ich war wie bei einem
Boxkampf ausgeknockt – die Ohnmacht erlöste mich von weiterem
Bewusstsein.

Als ich am nächsten Morgen wach wurde, ging es mir wieder
halbwegs gut, jedenfalls was meinen Körper anging. Ich hatte wohl
keine ernsthaften Verletzungen. Was in meinem Kopf vorging war
dagegen eine ganz andere Sache! Ich sah wieder Carlos vor mir. Sein
Gesicht im Schatten. Doch seine langen Haare sind mir ins Gesicht
gefallen – ich hatte sie im Mund! Sein Atem hatte nach Alkohol
gerochen und er schnaubte wie ein Tier. Dieser eine Moment war mir
bewusst. Die Ohnmacht hatte mich nicht vor allen Eindrücken
gerettet! Wir wurde wieder schlecht aber ich rappelte mich auf. Ich
sah an mir runter. Keine blauen Flecke. Nur an der linken Fußfessel
etwas gerötete Haut von der Schlinge. Das Erbrochene auf dem
Bettlaken, - war es von mir oder diesem Schwein? Ich wusste es
nicht. Ich stand auf. Ich hatte kalt und das Bedürfnis erst einmal zu
duschen. Von den beiden Männern keine Spur. In der ganzen
Wohnung nicht. Gut so – in meiner Wut hätte ich einen – oder beide
mit dem großen Messer abgeschlachtet... in diesem Moment hätte ich
dies gekonnt! Noch bevor ich unter die Dusche ging, schaute ich am
Telefontischchen

(Toni hatte tatsächlich noch ein altes Telefon samt Sitzbank) nach dem Adressbuch. Die Seite, auf der Carlos verewigt war, riss ich heraus. Dann ging ich duschen. Ich machte beinahe die ganze Flasche Duschgel leer, aber der Dreck ließ sich nicht abwaschen. So viel ich auch schrubbte. Still weinte ich vor mich hin. So, dass ich alles trübe sah. Dann holte die Wut mich wieder ein.

Was tun – Polizei?

Ja, aber nicht wegen Carlos... dies Problem würde ich auf andere Weise lösen!

Ich trocknete mich ab und begab mich ins Schlafzimmer. Dort öffnete ich den Schrank um mir Sachen zum Anziehen herauszuholen. Ich zog mich an und verließ das Haus, das ich nie wieder betreten würde.

Wohin sollte ich zuerst? Ich stieg in mein Auto. Ohne Ziel fuhr ich herum. Traurigkeit benebelte wieder meine Sinne. Ohne zu wissen wie, stand ich plötzlich wieder auf dem Rastplatz. Vor mir die Selbstmörder-Brücke. Wie schon einmal ging ich hin zum Zaun und schaute herunter. Wie schon einmal gingen mir die gleichen Gedanken durch den Kopf. Ich erinnerte mich an Paul. Seinen Tod. Das Gefühl das mich damals umgab kam wieder hoch. Es war genau das selbe Gefühl wie jetzt gerade.

Leben oder Sterben?

Der selbe Gedanke. Das erste Mal als ich hier stand hatte ich mich fürs Leben entschieden. Wohin hatte mich dieses Leben – das Schicksal geführt? Ich fiel einem Schwein in die Hände. Er hat mich geschändet, vergewaltigt... beschmutzt. Mir war eingefallen, dass ich nicht hätte duschen dürfen. Wenn ich ihn hätte anzeigen wollen, hätte ich mich von einer Ärztin untersuchen lassen müssen. Das konnte ich immer noch... was sollte ich tun? Ich wusste es nicht. Tränen tropften wieder von meiner Wange und gossen das Unkraut. Das würde ebenso wenig eingehen wie Carlos ein schlechtes Gewissen bekommen würde. Wut kochte wieder hoch. Ich musste handeln.

Erst Carlos dann Toni

So war mein Gedanke. Ich musste mich kümmern! Damit das keinem anderen Mädchen passiert.

Und - damit ein Mensch, der unten auf einer langen Liste steht auch die Chance hatte, ein Organ zu bekommen. Dass das Leben einer Frau, die beim Discounter die Waren einräumt, auch weiter bestehen konnte... oder der Mann der drei Kinder hat und im Lager eines Möbelhauses arbeitet, ebenso die Chance hat, weiterzuleben. Plötzlich wurde mir um so mehr die Ungerechtigkeit klar, die Toni sein Vermögen sicherte – sein unnützes Luxusleben. Ja, ich musste handeln. Nochmals entschied ich mich für das Leben. Aber dieses Mal war Rache mein Antrieb. Die Hoffnung einer Liebe gab mir einst den nötigen Schwung. Rache war besser – Liebe sah ich im Moment keine am Horizont.

Max

Kapitel 9
Max trifft Carlos

Mein Weg führte mich zu Max. Warum ich das tat wusste ich selbst nicht. Ich hätte (jeder Andere hätte es wohl getan) auch zu Mama fahren können. Ich hatte aber irgendwo im Hinterkopf den Gedanken, dass Mama mich sicher in den Arm genommen hätte. Und wir hätten zusammen eine Runde geweint. Aber das war es nicht was ich brauchte. Was ich brauchte war ein Fels der mich stützen würde. Im Unterbewusstsein wusste ich das wohl, und mein Kleinhirn suggerierte mir: gehe zu Max – er wird dir helfen – er ist der Richtige! Ich wusste natürlich nicht, was gerade Er daran ändern sollte, doch, um es kurz zu machen – ich hörte auf meine innere Stimme. Ein kurzes Telefonat vorab machte klar, dass er daheim war und ich nicht störte:

„Du störst doch nie und bist immer bei mir willkommen", waren seine Worte.

Wie ich es erwartet hatte, stand er bereits an der Tür des Einfamilienhauses seiner Eltern und wartete auf mich. Trotz aller üblen Gedanken und Gefühle, die in mir wohnten, konnte ich mir bei seinem Anblick ein kurzes Lächeln nicht verkneifen. Er war einfach zu goldig. Jetzt erst wurde mir bewusst, dass ich von dem großen Schauspieler Toni nur geblendet war. Vielleicht war unsere Liebe nur ein einziger Film – ich war mir da nicht mehr so sicher; nun, da ich ihn hassen gelernt hatte. Klar wurde mir ebenso, dass ein einfacher, ehrlicher Typ, auch wenn er „nur" Arbeiter war, besser zu mir gepasst hätte. Max - sein Lächeln brachte kurzzeitig ein warmes Gefühl in meinen Bauch. Meine Mundwinkel verzogen sich aber schnell nach unten. Die Geschehnisse der Nacht ließen nichts Positives zu. Wut bestimmte meine Handlungen und Gedanken. Ich parkte mein Auto direkt am Randstein vor dem kleinen gelblichen

Haus mit der Nummer 9 (die Nummer stand übergroß an der Wand
neben einem Fenster). Ohne das Auto abzuschließen rannte ich Max
in die Arme. Ich begann zu weinen. Max nahm mich an den
Schultern und drückte mich von sich weg – aber nur, um mir in die
Augen zu schauen und mich zu fragen, was denn los sei. Die Antwort
wartete er jedoch gar nicht erst ab. Stattdessen nahm er meine Hand
und schaute nach rechts und links die Straße herunter und entschied
dann, dass wir auf sein Zimmer gehen würden. Seine kräftigen
Hände taten gut. Zart streichelte er mit dem Daumen über meinen
Handrücken, dann zog er mich sachte ins Haus. Gleich neben dem
Eingang war eine Treppe die nach oben führte. Wir gingen nach
oben. Ich war das erste Mal in dem Haus und trotzdem fühlte ich
mich sofort geborgen. Daheim bei Mama war das Gefühl ähnlich. Es
war wie mein Zu Hause, jedenfalls dem Gefühl nach. Die Tapete im
Flur nach oben erinnerte mich auch an Daheim. Im Grundton war die
Tapete beige. Das Motiv war eine gemalte Felswand an der Efeu
nach oben wuchs. Ich glaube dieses Motiv gibt es Millionenfach in
Deutschland. Wir erreichten das obere Podest. Das Zimmer von Max
war gleich hinter der ersten Tür. Wie ich erwartet hatte, war in dem
Raum nichts schmückendes. Ein Bett, ein Schreibtisch. Laminat auf
dem Boden. Alles sauber – das Bett gemacht. Brav Max. An einer
Seite des Zimmers ein schmaler Kleiderschrank in Buchenholz-
Optik. Ein Poster unserer Lieblingsrockband an der
gegenüberliegenden Wand. Alles schien aus einem Museum zu sein,
das zeigte, wie es in den achtziger Jahren aussah. Nichts hatte Dellen
oder Kratzer.
  Wir setzten uns auf sein weiches Bett. Unter Tränen erzählte ich
ihm schluchzend die letzten grausamen Stunden. Er selbst hatte auf
einmal selbst Tränen in den Augen. Als er sah, dass ich dies
bemerkte, wischte er sich die Tränen mit dem Handrücken weg. Er
stand auf und sagte dass ich sicher durstig sei. Nun, da er es sagte,
verspürte ich tatsächlich enormen Durst. Ich hatte seit der Nacht
nichts mehr getrunken. Nun war es etwa ein Uhr Mittags – das
erklärte, warum ich leichte Kopfschmerzen hatte. Es wurde Zeit
etwas zu trinken, da sonst die Schmerzen nicht auszuhalten sein

würden. Max zählte auf was sie zu Hause hatten – fragte, was ich
wolle. Ich entschied mich für eine kalte Cola mit Eiswürfeln. Er ließ
mich nicht lange allein. Brachte nach nur wenigen Minuten das
erfrischende Getränk in einem großen Glas. Er hatte in ein anderes
Glas Knabber-zeug eingefüllt. Für den Fall dass ich Hunger hätte,
hatte er gemeint... habe ich schon erwähnt, dass er ein Schatz ist?
Dankbar nahm ich beides an. Ich trank das Glas in einem Zug
halbleer und stellte beide Gläser dann auf sein kleines
Nachtschränkchen, auf dem sich sonst nur ein schwarzer
Reisewecker befand. Ich knabberte auch ein paar Salzstangen und
spülte diese mit einem weiteren großen Schluck Cola herunter.
„Kannst du mir was über den Typ sagen?" - fragte Max.
Ich kramte den Zettel mit seiner Adresse aus der Po-Tasche meiner
Bluejeans. Meine ab-gerockte Lieblingshose stellte ich fest. Ich hatte
im ersten Trauma nur irgendetwas aus dem Schrank geräumt. Ohne
bewusst zu handeln. Jetzt war ich froh, gerade diese Hose
herausgeholt zu haben. Alles Andere würde in Tonis Haus verrotten.
Würde von Motten aufgefressen werden – und das war mir egal.
Diese Sachen waren ersetzbar. Von meinem alten Leben blieb mir
nur, was ich jetzt am Leib hatte. Alles Andere würde ich aus meinem
Gedächtnis streichen. Sicher, das würde lange dauern. Sehr lange
vielleicht. Vielleicht würde ich einen Psychiater benötigen. Aber ich
würde es packen. Ich würde beweisen wer Ich bin – und – ich würde
beweisen was Die sind. Menschlicher Abfall.
Dann würde mein Leben weitergehen
Wie mein Leben dann laufen würde... ich hatte natürlich keinen
Plan. War auch egal. Eines nach dem Anderen. Es würde aber
weitergehen und ich ginge als Siegerin hervor.
„Du bist bestimmt müde" - meinte Max.
Der Mann schien alles zu erraten, schien Vorahnungen zu haben,
was meine Bedürfnisse anging. Denn, nachdem er es gesagt hatte,
verspürte ich tatsächlich eine beginnende Müdigkeit.
Er stand erneut auf und machte die Nachttischlampe an, die an die
Wand über dem Bett montiert war. Dann lief er die paar Schritte zum
Fenster und verdunkelte das Zimmer, indem er den Rollladen

herunter ließ. Dann schlug er mir die Bettdecke, auf der ein Pickup – ähnlich dem Seinen, abgebildet war, auf und schüttelte das Kopfkissen auf.

„Lege dich ein bisschen hin. Versuche zu schlafen. Ich schaue mir mal in der Zeit an wo der Typ wohnt. Gott sei dank sind meine Eltern nicht daheim."

Mir fiel ein, dass Sonntag war.

„Sie sind beim Grillen in der Nachbarschaft. Eigentlich sollte ich mitgehen. Aber ich wollte nicht."

„Was wolltest du sonst tun – ich halte dich bestimmt von irgendetwas ab!? - fragte ich besorgt. Ich wollte Hilfe, aber ganz sicher keinen – schon gar nicht Max – von dem abhalten, was er sich vorgenommen hatte. Ich war nach diesem Gedanken bereit gewesen, zu Mama zu fahren.

„Nein, nix hatte ich vor" - versicherte er mir - „ich hätte am PC ein Spiel gespielt. Das mache ich oft, um die Zeit totzuschlagen. Nichts Wichtiges also. Mach dir keinen Stress deshalb. Leg dich beruhigt hin und mache die Augen zu. Du wirst sehen, egal ob du schlafen kannst, oder nicht, es wird dir guttun. Ich verspreche dir nichts zu unternehmen. Alle Entscheidung wie es weitergeht liegt bei dir. Ruhe dich aus. Ich bin bald wieder zurück. Du bist hier vollkommen sicher. Keiner kennt dieses Haus, denke ich, und somit weiß auch keiner der Beiden, wo du bist. Du kannst vollkommen beruhigt ein paar Takte schlafen. Glaube mir."

Ich nickte ihm zu und rang mir ein Lächeln ab.

„Okay", sagte ich dann. „Du hast recht. Machen wir es so. Ich darf dir jetzt schon sagen, dass ich dir unendlich Dankbar bin und dir zutiefst vertraue. Ich lege mich etwas hin und wenn du zurück bist entscheiden wir was wir tun – okay?"

Er nickte mir bejahend und lächelnd zu. Dann kam er auf mich zu und küsste mich auf den Mund wie ich es vor kurzem tat. Es tat gut. Trotz allen Umständen – ich liebte Max in dem Moment. Ob für immer, würde sich zeigen. Im Augenblick war keinesfalls Platz in meinem Herzen – es war nicht die Zeit für Liebe. Keine Ahnung ob das je wieder funktionieren würde. Im Moment jedenfalls nicht.

Dennoch war wieder diese Wärme in meinem Bauch als ich Max beobachtete. Er stand jetzt an der Tür und nickte mir wieder zu. Dann verließ er mich. Er schloss die Tür und ich war alleine. Doch, genau wie er es sagte, fühlte ich mich geborgen und hatte keine Angst mehr. Das Zittern der Hände hatte aufgehört. Ich löschte mit dem kleinen Schalter das Licht des Strahlers. Augenblicklich war es stockdunkel. Keine schlimmen Bilder vor meinem inneren Auge. Die Entscheidung zu Max zu gehen erschien mir die Richtige gewesen zu sein. Er hatte die Ruhe in mein Leben gebracht, die ich in diesem Moment so gebraucht hatte. Mama hätte wahrscheinlich alles nur noch schlimmer gemacht. Sie und Papa hätten mich nicht ruhen lassen. Sie hätten es sicher gut gemeint, aber sie hätten an mir gesprochen zur Polizei zu gehen. Anzeige erstatten. Das Übliche. Wäre das falsch gewesen? Ich konnte mir selbst die Frage nicht beantworten. Sicher war ich mir nur, dass ich dies nicht wollte. Ich musste Mein Ding daraus machen. Wie... was, wo... ich wusste es nicht. Aber, eines war jetzt schon klar. Mir ging es soweit gut und das hatte ich Max zu verdanken. Bei Mama wäre ich jetzt, nach viel Aufregung, auf dem Weg zur Polizei. Und der Tag würde bis in die Nacht gehen. Und der Puls würde sich in den höheren Regionen einpendeln. Adrenalin im Blut würde mich nicht zur Ruhe kommen lassen. So drehte ich mich um, froh mit Max... und schlief kurz darauf ein.

Unterdessen – Max

Max ließ sein schwarzes Monster-Pickup langsam vor dem Haus von Carlos am Straßenrand ausrollen. Sein eingebautes Navi hatte ihn sicher hierhin gelotst. Der Chrom-Rammbock vorne schimmerte in der Sonne. Wie Max sein Auto liebte, ließ alleine dieses Detail erkennen – alles war auf Hochglanz poliert.

    Die Vorstadtvilla hatte im ersten Stock an der Front zur Straße hin einen Balkon der sich über die gesamte Fläche zog. Darunter war eine Terrasse, die sogar noch größer war. Die Terrasse umgab das Haus L-Förmig. Dahinter eine große Glasfläche. Imposant. Obwohl,

Max war das eine Nummer zu protzig. Außerdem gefiel ihm das viele Glas zur Straßenseite hin nicht. Es war zwar eine ruhige Straße, außerhalb der Stadt, es konnte dennoch jeder, der vorbeilief ins Haus schauen. Jedenfalls abends, wenn innen Licht brannte... na ja, eigentlich konnte man doch nicht so viel sehen, denn zum Einen stand das Haus etwas zurück – ein malerischer Vorgarten versperrte zusätzlich den Blick aufgrund der Sträucher, die zur Zeit rote Blüten hatten. In der Einfahrt vor der Garage parkte ein Luxusauto englischer Herkunft. Racing green war die Bezeichnung der Farbe des Autos... ebenfalls Hochglanz poliert.

Ein Blick auf das Display im Tacho, verriet Max, dass es nun 14:27 Uhr war. Er dachte daran, dass eine Frau in seinem Bett lag für die er seit Jahren tiefe Gefühle hegte. Sein bester Freund hatte sie ihm damals vor der Nase weggeschnappt - Paul. Als Paul starb (das alles erzählte er mir viel später) hatte er Hoffnung dass ich auf ihn aufmerksam werden würde. Dann kam Toni. Aber er war nie böse oder er kam nie auf die Idee sich einzumischen.

Nun saß er in seinem Auto und beobachtete meinen Feind. Als nach über einer Stunde nichts passiert war, kam er zurück zu mir. Er hatte Carlos nur einmal kurz hinter dem Fenster vorbeihuschen sehen. Nach weiteren Minuten wo nichts weiter passierte, entschied er umzukehren.

Kapitel 10
Rachegefühle

Leise öffnete Max die Tür. Er setzte sich an den Bettrand. Es war jetzt kurz vor sechzehn Uhr. Zu meiner Verwunderung hatte ich ohne Unterbrechung bis dahin geschlafen. Max war wieder aufgestanden und hatte den Rollladen so geöffnet, dass nur durch die Spalten Licht hereinkam. Dadurch wurde das Zimmer heller... ein angenehmes Licht flutete das Zimmer. Aber erst ein Kuss auf meine Wange ließ mich die Augen öffnen. Ich räkelte und streckte mich. Ich fühlte mich wohl... na ja, nicht ganz – in meinem Kopf war immer noch diese Schwere. Dieses negative Gefühl. Eine Macht die mich nicht lächeln ließ. Wie ein Geschwür wo nur eine Möglichkeit zur Linderung bestand – eine Operation namens Rache! Ich war in der Tat zwiegespalten. Da war Max, mit all seiner Güte, die auf mich übersprang. Das Wohlfühlen in seiner Nähe. Er war das Gute, das mir hier und da am Rande über den Weg gelaufen war. Ich ärgerte mich über mich selbst – dies alles hätte ich viel früher haben können. Ohne diesen – ach so großen – Schauspieler wäre mir einiges erspart geblieben. Mir wurde klar, dass ich mehrere Entscheidungen falsch traf. Toni zum Einen – und, dass ich Max nicht wahrnahm. Er war weit mehr als nur die Randfigur, die ich bis dahin in ihm sah. Er war auch mehr als nur ein alter Freund von Paul. Das sah ich alles jetzt. Als ich ihm in die Augen schaute. Ich spürte nun auch seinen Kuss von eben auf meiner Wange. Ja, ich hatte mich in einer unvorstellbar, surrealistischen, eher ekelhaften Situation verliebt. In einen Engel. Doch da war noch der andere Teil der großen Gefühle. Ich wurde immer noch durch Wut und schlechte Gedanken gelenkt. Die Stimmung, die in der Nähe eigentlich hätte hochkommen müssen, wurde unterdrückt. Diese zwei Gefühle, die gegensätzlicher nicht

sein konnten, machten mir schwer zu schaffen. Es kam mir
schizophren vor. Als ob zwei Gehirne in meinem Kopf vorhanden
wären. Das Gehirn mit der Wut war das Größere, aber das Gehirn mit
den guten Gefühlen machte sich bemerkbar. War aber noch klein...
unterdrückt. Und ich wusste das dieses Gehirn wachsen musste,
sollte mein Leben wieder lebenswert werden.

Carlo musste weg! Das machte ich Max in ähnlichen Worten, wie
ich sie gerade dachte, klar.

Er nickte – er verstand. „Aber du hast sicher Hunger. Ich schlage
vor, dass ich uns eine Kleinigkeit zu Essen mache, und dann
überlegen wir uns, wie wir fortfahren. Okay?"

„Das klingt nach einem Plan" - gab ich leise von mir und lächelte
ein wenig, was mir nicht leicht fiel.

In der Küche schnitt Max dann ein paar Scheiben Brot, schmierte
auf jede Scheibe Butter. Dann holte er noch verschiedene Sorten
Wurst aus dem Kühlschrank und belegte die Brote damit. Danach
ging er zu einem der Hängeschränke und nahm zwei Gläser heraus.
Er füllte die Gläser ohne weiter zu fragen, mit kalter Cola. Wir
nahmen alles mit ins Esszimmer. Setzten uns nebeneinander an den
Tisch und aßen. Vielleicht lag es daran, dass ich jetzt Hunger hatte.
Erst hatte ich keinen Hunger gehabt – er kam mit dem Essen... es
schmeckte aber auch richtig gut. Und die kalte Cola passte prima.
Würde ich mir merken.

„Wie geht es dir jetzt?" - fragte er.

„Nun, wie ich eben schon sagte. Teils geht es mir gut" - ich nahm
seine Hand und lächelte ihn an - „besonders, wenn ich in deiner
Nähe bin" - versicherte ich ihm. „Dann ist da aber dieses Gefühl... im
ersten Moment", erinnerte ich mich - „heute morgen... da hätte ich
ihm... hätte er vor mir gestanden, ein Messer in den Bauch rammen
können. Dann kamst du und hast mich wieder etwas auf den Boden
geholt. Nur du fielst mir ein. Mama hätte mich verrückt gemacht. Ja,
und dann ist da noch Toni. Er ließ das alles zu. Er ist ein genauso
großes Schwein. Nur um an eine Rolle zu kommen" - sinnierte ich.
„Und einen Teil kennst du ja gar nicht" - und ich erzählte die
Geschichte mit dem Illegalen Organhandel.

Max nickte stumm und schüttelte ungläubig den Kopf.

Ich sah seinen zweifelnden Blick.

„Ja, ich hätte es auch nicht glauben wollen, hätte ich es nicht mit eigenen Augen gesehen".

„Oh, ich glaube dir", sagte er und zog bei den Worten die Augenbrauen hoch.

„Ich hätte es ihm jedoch nicht zugetraut!"

„Ja, wer wohl? Doch was ihn angeht, da hab ich einen Plan. Ich zeige ihn einfach an. Die Polizei wird alles herausfinden und Toni kommt in den Knast. Da er Alkoholiker ist, wird er anschließend keinen Job mehr bekommen. Wenn er nicht schon im Gefängnis zu Grunde geht, wird er durchdrehen, wenn er wieder draußen ist. Ich sehe ihn bereits unter einer Brücke schlafen. Und glaube mir – das tut mir gut. Es wird so kommen, ich weiß es genau".

„Machen wir uns auf den Weg, beschatten wir Carlo!"

„Super" - dann schauen wir was passiert!"

Wir verließen das Haus und stiegen in Max´Auto. Er brauchte das Navi nicht erneut einzuschalten, er kannte den Weg. Es dauerte etwa zwanzig Minuten, bis wir vor Carlos Haus ankamen. Einen Plan hatte ich nicht. Max wohl auch nicht. Er sagte nichts, beobachtete nur die große Fensterfront. Ich beobachtete ihn, sein Profil. Dieses seltsame warme Gefühl war wieder in meinem Bauch – trotz aller Qualen, die ich durchmachte. Irre.

Es wurde spannend. Carlo verließ das Haus. Er stieg in sein Auto und fuhr rückwärts die Einfahrt raus. Dann bog er ab und fuhr in der gleichen Richtung weiter aus der Stadt heraus. Ich kannte die Strecke. Weiter hinten war ein Stück Landstraße, danach ging es auf die Autobahn. Wir fuhren in gleichmäßigem Abstand hinterher. Hofften nicht aufzufallen. Die Strecke war ansonsten Menschenleer. Es war neunzehn Uhr und zwanzig Minuten. Ich fragte mich, wo er hinwollte. Die meisten Deutschen saßen jetzt vor dem Fernseher und warteten auf das Fußballspiel, den Krimi oder was auch kommen würde. Der Halbmond kam hinter dem Horizont hervor. Der Himmel war Wolkenfrei und erste helle Sterne leuchteten im Halbdunkel. Der

Anblick erinnerte mich an die schlaflose Nacht die ich hatte, als Paul gestorben war und ich ihm am liebsten gefolgt wäre. Die Traurigkeit verstärkte sich wieder. Was ich in nicht einmal zwei Jahren erlebt habe... Mama pflegte zu sagen: „Das geht auf keine Kuhhaut". Stimmt. Und man konnte froh sein, dass viele Frauen dieses Schicksal nicht hatten, wie ich es erleben musste. Dann wäre diese – eigentlich doch so schöne Welt, zu grausam. Die Kriege und die Gewalt, die Menschen sich antaten, war so schon schlimm genug. Meist ging es wohl um Macht und Geld – am allermeisten wohl wegen Letzterem. Aber diese niederen Beweggründe, wie sie Toni, und vor allem Carlos, vorantrieben, das war allerunterste Schublade. Menschenunwürdig. Eher ein Tier als ein Mensch. Obwohl sich nur Menschen so etwas ausdenken konnten. Ein Löwe, der eine Gazelle fraß, war so human, dass er als erstes die Schlagader durchbiss, sodass das Tier nicht unnötig leiden musste. Aber über Leichen gehen, das konnten nur Menschen auf Habgier oder Ähnlichem.

Es war einer dieser lauen Spätsommerabende. Eigentlich schön. Ja, Gott sei dank – ich erkannte noch die Schönheit der Erdkugel. Und ja, es waren nicht alle Menschen so schlimm. Einer der Guten saß gerade neben mir und steuerte für mich sein Auto in eine unbekannte Zukunft. Immer noch betrachtete ich sein Profil, als ich merkte, dass die Fahrt sich verlangsamte. Ich schaute nach vorne. Es blinkten rote Leuchteten. Ein Bahnübergang. Die Schranken gingen herunter. Wir hielten an.

Max stoppte hinter ihm

Man hörte an dem Pfeifen der Gleise, dass der Zug sich schnell näherte. Hinter den Gleisen war ein Feld, das der Bauer, der es bewirtschaftete, bereits geerntet hatte, was bedeutete, dass man einen guten Blick in beide Richtungen hatte. Ich sah den Schnellzug von rechts kommen.

„Schiebe ihn auf die Gleise!" - befahl ich Max.

Ohne eine Regung im Gesicht, ein Nein oder eine weitere Geste, schaute Max nach vorne und ließ sein Auto sanft anrollen. Kaum merklich stieß er an die Stoßstange von Carlos Auto – dann gab er Gas. Langsam schob er den Wagen vor. Er hupte wie verrückt. Der

Zug kam näher. Carlos legte den Rückwärtsgang ein. Seine Reifen,
es war ein Auto mit Hinterradantrieb, qualmten wie doof. Ich sah
rechts und links den Qualm aufsteigen. Max gab mehr Gas. Immer
weiter und immer schneller werdend, schob er das Auto weiter
Richtung Gleise. Die Schranken hielten das Auto erst ein wenig auf.
Max rammte das Gaspedal in den Boden. Ich schaute nach hinten.
Keine Menschenseele zu sehen. Die Stahlschranke brach nicht,
verbog sich aber nach oben und nach hinten. Mein Herz pochte bis
zum Hals. Adrenalin überschwemmte meinen Körper, was bedeutete,
dass ich hellwach war. Wie in Zeitlupe verfolgte ich das Geschehen
voller Aufregung... aber, es tat auch gut. Zu sehen, wie dieses
Schwein gleich zerfetzt werden würde, ließ ein Gefühl über mich
hereinstürzen, das ich bisher nicht kannte. Genugtuung umschrieb
dieses Gefühl... aber nicht annähernd.

„Wie geht es dir?" - fragte ich Max,

Ohne den Blick von dem Geschehen zu lassen, antwortete er nur –
so trocken, dass ich dachte, es müsse gleich Staub vor seinem Mund
auftauchen: „Gut, es geht mir gut".

Carlos Auto stand nun durch die Schranke etwas schräg, wurde aber
immer noch unablässig voran geschoben. Carlos musste Todesangst
haben. Er sah ja den Zug auf sich zurasen. Selbst wenn er jetzt aus
dem Auto gesprungen wäre, er hätte keine Chance mehr gehabt. Der
Zugführer hatte natürlich versucht zu hupen – und vor Allem, zu
bremsen. Funken flogen über einen Meter von den metallenen Zug-
Rädern hoch. Nur noch wenige Sekunden. Max reagierte
blitzschnell. Für Millisekunden ging er vom Gas – schoss den
Rückwärtsgang ein und gab Vollgas. Das Auto machte einen Satz
nach hinten.

Von nun an geschahen mehrere Dinge zeitgleich. Max brachte das
Auto zum stehen.

Vorne krachte es Ohrenbetäubend

Glassplitter und Plastikteile flogen durch die ganze Umgebung. Das
Auto wurde quer über die Gleise geschoben. Funken sprühten.
Benzingeruch drang bis zu uns in die Fahrerkabine. Funken und
Benzin – eine denkbar schlechte Mischung. Das Auto fasste Feuer!

Augenblicke später stand das Auto vollends in Flammen. Von Carlos war nichts zu sehen. Es würde nicht viel von ihm übrig bleiben – so mein Gedanke. Waren wir ebenso grausam wie er? Für mein Empfinden nicht. Er war ein bösartiges Tier und wir – oder besser, ich, hatte mich nur (rückwirkend) gewehrt... verteidigt, und Carlos unterlag letztendlich. Starb einen schnellen Tod... ja, es war eine Hinrichtung, und dieses Mittel wird weltweit für die schlimmsten Verbrecher als richtig angesehen. Ich selbst war immer gegen eine solche Strafe... jetzt nicht mehr. Mir ging es gut und ich würde heute Nacht gut schlafen können. Ein Blick zu Max sagte mir, dass es ihm nicht schlechter ging als mir. Cool, und ohne Worte, drehte er den Wagen und wir fuhren heim. Heim zu ihm.

Vor seiner Tür angekommen, stieg Max recht schnell aus und umrundete sein Auto. Seine Sorge, dass war mir vollkommen klar, galt nicht nur dem Auto alleine... nein, es drehte sich darum, ob Spuren vom „Unfall" zu sehen waren. Ich stieg also auch aus um das Auto zu begutachten. Max und ich schauten uns an. Nichts! Kein Kratzer, keine Macke, keine Delle. Noch nicht einmal vorne, am „Rammbock" selbst, war quasi nichts zu sehen. Klar, zwei leichte Dellen, jedoch in unterschiedlicher Höhe, und wirklich nur minimale Kratzer waren zu sehen!

„Gutes Material" - lächelte Max – und ich stimmte ihm kopfnickend zu: „Ja, gutes Material" - gab ich lächelnd zu. Kein Farbabrieb von Carlos´Auto war zu erkennen. Wir gingen hinein. Seine Eltern waren nun da und saßen vor dem Fernseher. Wir begrüßten die Zwei kurz und gingen dann auf sein Zimmer.

Ich schaute gezielt Max in die Augen und er erwiderte meinen fragenden Blick.

„Wie geht es dir – meinst du, du kannst heute Nacht ruhig schlafen?"

Max schaute mir tief in die Augen. Das warme Gefühl im Bauch war wieder spürbar. „Ich weiß nicht, wie ich es dir sagen soll... ich habe dich immer... so lange ich denken kann, zutiefst geliebt!" - war seine erste Antwort, die mich vom Hocker geworfen hätte, hätte ich denn auf einem gesessen. Genaugenommen war ich froh, dass ich auf seinem Bett saß. Aber es ging weiter – seine weiteren Worte machten deutlich, und unterstrichen den ersten Teil seiner Worte, dass er es nur allzu ernst meinte.

„Ich fühlte mit jeder Faser die Schmerzen... als du mir alles gesagt hast. Deine Schmerzen fühlte ich. Ich weiß nicht, ob du mir das glaubst" - versicherte er mir, und ich betrachtete ihn tatsächlich ungläubig - „aber" - redete er weiter: „es ist so. Ich spürte den Schmerz tief in meinen Eingeweiden".

War er schon immer so tiefsinnig?

Ich wollte ihn nicht schon wieder unterbrechen, konnte mich aber nicht halten: „Ich habe nie etwas gemerkt... ich meine... du hast dich nie geäußert!"

„Nein" - Max schüttelte den Kopf - „nein" - wiederholte er.

„Du warst mit Paul zusammen. Dann war da Toni. Ich würde... hätte nie etwas unternommen oder gesagt, das dir nicht gefallen hätte... dich gestört hätte oder dich sonst wie stören würde. In keinem Fall. Ich möchte immer, dass es dir gut geht."

„Das rührt mich unheimlich" - gab ich zu. „Ich wusste es nicht... hätte es nie geglaubt. Wir haben uns zwischendurch oft gesehen. Wir haben geredet. Du hast keinen Funken ausgestrahlt!"

„Nein" - gestand er: „ich bin eben ein guter Schauspieler". Max lächelte.

„Ja" - nickte ich, ebenso lächelnd - „ein guter Schauspieler". Mir fiel Toni ein.

Ein besserer Schauspieler als Toni...

Etwas musste mit Toni passieren. Aber nicht heute, nicht morgen... wie es weiterging würde mir die Zeit verraten. Kurioserweise kam mir Paul in den Sinn. Meine wahre erste Liebe. Er schrieb mir mal ein Gedicht. Es war total surreal und passte nicht in den Moment – schon gar nicht, da Max mir gerade seine Liebe gestanden hatte. Doch dieser Moment – das gestehen der Liebe, war ebenso surreal – ich meine, wir hatten gerade einen Menschen getötet. Da passte so ein Spruch nicht. Aber er hatte es gesagt – und ich spürte, dass in seinen Worten die reine Wahrheit lag. Warum hätte er auch lügen sollen? Nun jedenfalls zwängte sich noch das Liebesgedicht von Paul

in die seltsame Wirklichkeit, die ich kaum fassen konnte.
Oh mein Liebes
du kamst in mein Herz
ohne anzuklopfen
ohne Vorwarnung.
Ich erschrak wie ein zarter Vogel
der hinwegfliegt, durch das Geräusch.
Du kamst in mein Leben
von Einer Sekunde zur Anderen.
Stark das Gefühl
unendliche Macht
steigt auf zu dem Kopf
- erwacht.
Als ich dich sah
mein Herz, es raste,
es tat gut,
alles war gut,
du tust so gut,
von Anfang an,
bis heute.
Die Liebe – sie wächst
und ich bin froh
dass ich dich hab´ -
bin froh, dass du bist,
oh mein Liebes -
immer mein

Ich kannte das Gedicht auswendig. Es hatte mir so gut gefallen.
Doch was sollte es jetzt? Hier – in diesem Moment!
Die Antwort war ebenso klar
Max´ Liebesgeständnis machte mir klar – auch wenn es nicht zum
Moment zu passen schien... Max liebte mich, wie Paul es einst tat.
Das Gedicht, so glaubte ich fest, traf ebenso auf Max zu. Im Inneren
wusste ich, das Gedicht hätte genauso gut aus Max´ Feder stammen

können.

„Was ist denn?" - fragte mich Max. Ihm war natürlich aufgefallen, dass ich die ganze Zeit vor mich hin stierte.

„Ach nichts" - log ich - „ich muss das alles nur auf mich wirken lassen. Ich... das alles war zu viel für mich. Zu viele Geschehnisse auf einmal. Und dann noch deine lieben Worte. Das, was du sagtest. Ich spüre es im Herzen und... es geht mir gut dabei! Ehrlich. Aber... ich brauche Zeit. Da ist noch so viel zu regeln. Toni".

Ich sah auf die Uhr. Es war spät. Ich musste heim... wohin?

„Wohin willst du?" - fragte mich Max - „was kommt jetzt?"

Seine Worte waren unglaublich – als ob er meine Gedanken gelesen hätte. Ich konnte ihm seine Frage nicht beantworten. Ein Heim hatte ich nicht. Toni war im Kopf bereits gestorben. In dieser Sekunde schoss mir durch den Schädel, dass ich Toni bei der nächsten „Organ-Handel-Aktion" ins Messer würde laufen lassen. Das hieße also... nun hatte ich doch eine Antwort für Max.

„Pass auf" - und ich küsste ihn wieder zärtlich auf den Mund - „ich mache erst einmal weiter. Das heißt, ich fahre zu Toni... mache, als ob nichts wäre!"

Dieses Mal unterbrach Max mich: „Das ist im Moment sowieso das Beste; zu machen als ob nichts wäre. Erst einmal Gras über alles wachsen lassen. Morgen hören wir im Radio von dem schlimmen... eh, Unfall – vielleicht sogar schon heute Abend in den Spätnachrichten im Fernsehen. Dann sehen wir, was die Zeugen sagen, wenn es denn welche gibt. Ob ein Verdacht auf uns fällt... jemand mein Auto gesehen hat... und so weiter. Dann wissen wir Bescheid und können danach handeln. Fahr also nach Hause... zu Toni. Tische ihm eine Story auf, warum du so spät heimkommst. Drehe den Film des Lebens weiter, wie bisher. Verhalte dich normal, was immer das auch bedeutet. Lasse dir nichts anmerken. Alles weitere sehen wir dann."

„So machen wir es – heute das war der erste Teil. Der zweite Teil ist dann Toni. Dann... dann mein Freund" - und ich küsste Max wieder, wie eben. Nur noch länger – intensiver... „dann kommt der dritte Teil. Und dieser dritte Teil ist auch mein dritter... Lebensabschnitt.

Und dieser Teil in meinem Leben heißt Max. Wenn ich gewusst
hätte, wie du für mich empfindest. Wenn ich gewusst hätte, was für
ein Engel du bist... und – wenn das alles klar gewesen wäre... dann
hätte ich mich schon viel eher in dich verliebt."

„Du... du liebst mich auch?" - fragte er ungläubig und zog die
Augenbrauen hoch.

„Ja, seit heute... seit du mir gesagt hattest, dass du mich liebst und
ich dieses warme Gefühl im Magen hatte. Die Dinge überschlugen
sich ja... und noch Gestern hatte ich gedacht..." - ich stockte, und
musste überlegen, wie ich ausdrücken wollte, was ich sagen wollte.
„Also nach der Sache mit Carlo – da dachte ich nicht wirklich
darüber nach – aber wenn mich einer gefragt hätte, ob ich mich je
wieder verlieben könne. Ob ich je wieder mit einem Mann
zusammen sein will... in dem Moment hätte ich mit Sicherheit nein
gesagt. In dem Moment als ich morgens unter der Dusche mir den
Dreck der Nacht von der Haut schrubben wollte. Da hatte ich keine
Gedanken, noch nicht einmal im Ansatz – an ein männliches Wesen.
Das war so weit weg wie die Erde vom Mond. Dass es jetzt doch so
ist. Dass mein Herz nach der kurzen Zeit doch wieder für einen
Mann schlägt... das liegt an einem an dir. Dass ich dich ja schon so
lange kenne. Dass du mir so vertraut bist – und ja, das was du heute
für mich getan hast. Das gab mir sozusagen den Rest. Mein Herz –
ich... ich konnte mich nicht mehr wehren. Also selbst, wenn ich mich
ernsthaft hätte dagegen wehren wollen. Ich hätte es nicht gekonnt."

Tränen standen in meinen Augen.

Max reagierte nicht darauf, was ich gut fand.

„Was erzählst du Toni?"

„Gute Frage... ich schlief ja an dem Tag abends ein. Am Besten
wird sein, wenn ich kein Wort über all das verschwende. Als ob ich
morgens wach geworden wäre und nichts mitbekommen hätte."

Max nickte zwar – hatte aber eine Frage: „Wenn er sich komisch
verhält... ich meine – er weiß doch Bescheid. Wie verhältst du dich
ihm gegenüber?"

„Weiß nicht. Kommt wohl auf die Situation an. Ich bekomme das
dann schon hin."

Kapitel 11
Toni

Ich kam „nach Hause" - alles schien mir irgendwie fremd... und
doch irgendwie nicht. Mein Gefühl war kaum zu beschreiben.
Zwiegespalten... traf es noch am Besten. Ich hatte wieder mein Auto
dabei und stellte es vor Tonis Haus an gewohnter Stelle ab und betrat
die Wohnung. Toni machte es mir sozusagen leicht. Er war nicht
daheim. Es war jetzt gegen achtzehn Uhr am Abend und ich
verspürte Hunger. Ich lief also erst einmal zum Kühlschrank.
Schaute, was der so hergab. Eine Wurst lachte mich an. Ich holte sie
mir und schnitt mir eine Scheibe Brot ab. Diese bestrich ich mit
Butter. Auf das Butterbrot legte ich noch von der spanischen Salami.
Eigentlich fühlte ich mich einigermaßen wohl. Nein, nicht wie bei
Mama, nicht wie bei Max (oder früher bei Paul) – doch ich konnte es
aushalten... im Haus des Schreckens (So würde es in einem
Horrorstreifen heißen). Ich wollte das Haus ja eigentlich nicht mehr
betreten. Gestern hätte ich das auch nicht gekonnt. Doch das
Gespräch mit Max machte uns Beiden deutlich, dass die
Handlungen, so wie wir besprochen hatten, einfach das Beste für alle
Beteiligten war. Wir würden hoffentlich nicht weiter aufgefallen sein
– und, ich konnte Toni bespitzeln.
    Doch eigentlich war ich über mich selbst erstaunt! Zum Einen, dass
ich keine Minute an Mama dachte. Jede Frau in meiner Situation
wäre erst einmal zu Mama in die Arme gelaufen. Zum weinen. Nein,
dieser Gedanke war mir bis jetzt nicht gekommen. Im Gegenteil. Das
Gefühl, dass sie mir auf die Nerven gefallen wäre, hatte überwogen.
Dass es mich also eher zu Max gezogen hatte... einen bis dahin – na,
nennen wir ihn guten Bekannten.
    Zum Anderen, dass ich hier – in dem Haus des Geschehens, essen
konnte. Ich schenkte mir also noch ein Glas eisgekühlte Cola ein,

setzte mich an die Theke in der Küche und ließ mir alles schmecken.
Ich blickte mich in der ganzen Umgebung um. Kein Ton – ich war
allein. Ich stützte nach dem Essen den Kopf auf meine Arme und
stierte vor mich hin.
Wie im Kino – in Cinemascope – sah ich, wie es sonst nur (wie man
so erzählt) bei sterbenden der Fall sein soll – den Film meines
bisherigen Lebens vor meinem inneren Auge ab.
Der gesamte Film
Ich sah mich selbst als kleines Mädchen vor mir. Es war wohl eine
der ersten Szenen, wo meine Erinnerungen begannen. Weihnachten
bei meinen Eltern. Ein Video, das mir die Beiden mal vorspielten.
Ich hatte die Haare damals so seltsam. Einen Pagen-Schnitt –
furchtbar! Fehlten nur noch die Sommersprossen. Mit Zöpfchen gar
hätte ich wie Pippi Langstrumpf gewirkt. Na ja, ich hatte ein großes
Geschenk ausgepackt. Ein Puppenhaus über das ich mich riesig
gefreut hatte. Dann wandelte sich das Bild, aber nicht grundlegend.
Wieder Weihnachten. Wieder packte ich ein Geschenk aus, nur, dass
nun etwa acht Jahre vergangen waren. Ich hatte einen (damals)
modernen Haarschnitt mit einer lilafarbenen Strähne an der Seite.
Und das Geschenk war ein Keyboard, mit dem ich im Jahr darauf
meinen Eltern an Weihnachten ein Lied vorspielte. Der Film lief
weiter. Mal kamen die Bilder in schneller Folge. Mal sah ich die
Szenen länger. Meist schöne Bilder. Denn bis vor zwei Tagen war
mein Leben gut verlaufen. Besonders schön oder besonders gut...
oder einfach nur durchschnittlich? Wohl eher Letzteres – aber immer
gut. Meine Konfirmation... auch wieder Geld und Geschenke. Nie
ging es mir wirklich schlecht, nein – die Frage, ob es einem
Millionär vielleicht besser ging, stellte sich nie. Wenn man
„gutbürgerlich" gewohnt ist, und einem an nichts fehlt... dann ist
doch alles gut. Es heißt nicht umsonst, man ist wohlbehütet
aufgewachsen. Das war ich! Mama und Papa haben sich immer um
alles gekümmert. Stets war alles vorhanden. Die Schule. Alles ganz
normal. Wie bei Tausenden, nein, Zehntausenden in unserem Ort.
Nie etwas ungewöhnliches. Ruhe umgab mich – meine Familie.
Viele, gerade diejenigen die aus der Hauptstadt kamen – für die war

unser Landleben, wo angeblich die Bordsteine ab neunzehn Uhr abends hochgeklappt wurden, ja eher langweilig. Für uns, die wir hier aufwuchsen, war es die Idylle. Ein Bekannter meiner Eltern, der uns (Papas Arbeitskollege) mal besucht hatte, meinte, er wäre auf dem Weg zu uns, nur durch Wald gefahren. Ja, was gab es denn da zu beschweren? Andere, beispielsweise Menschen in Afrika, wo nur Wüste ringsum ist, und kein Wasser im Brunnen sich befindet... die würden, denke ich, von so einem Wald, wie er um unseren Ort ist, träumen.

Ich träumte weiter. Jetzt kam der Zeitpunkt in meinem Film wo Paul auf der „Scheibe" erschien. Er war der Erste, der Wärme und Herzlichkeit (außer meinen Eltern) in mein Leben brachte. Die Motorradzeit. Ich musste zugeben, dass die Power unglaublich war – oder ist. Natürlich saß ich mehr als einmal auf dem Sozius – hinter Paul. Und wenn er den Gashahn aufzog... das war schon Hammer-mäßig. In den Momenten verstand ich schon was in Paul vorging. Herr über diese Macht zu sein. Seine Maschine war dreihundert Stundenkilometer schnell – Wahnsinn!

Dann sah ich Toni, und der Film schien schwarz-weiß zu werden. Bunte Punkte waren der Hubschrauberflug... Mallorca – doch dann wurde es trübe und dunkel.

Carlos... meine Gedanken wurden durch ein Geräusch unterbrochen. Toni kam die Tür herein. Er kam zu mir und umarmte und küsste mich. Ich fühlte nichts. Es war, als ob ich eine gelähmte Frau war, die unterhalb des Halses kein Gefühl mehr hatte. Ich löste mich von ihm und begab mich ins Zimmer nebenan und setzte mich vor den Fernseher und schaltete ihn ein. Nachrichten.

„Was ist los" - fragte mich Toni.

„Nichts" - log ich, und ich glaubte, dass meine Vorstellung eher an einen mittelmäßigen Schauspieler heranreichte.

„Wie"... stotterte er - „wie hast du die letzten Tage erlebt?... ich meine – du warst, als Carlos hier war... eh, ziemlich down... um nicht zu sagen – betrunken. Du bist dann irgendwann ins Bett und bist fest eingeschlafen. Erinnerst du dich an etwas?" - fragte er, und es sah so aus, als suche er mit den Augen in meinem Gesicht, ob er dort etwas finden könnte. Einen Pickel – oder die Wahrheit. Er war gerade der Richtig, der nach Wahrheiten fragen durfte...

„Ich bin nur sehr müde. Mehr ist nicht, ehrlich. Ich kann dir nicht erklären warum... aber es ist so. Ich habe heute Nacht nur sehr schlecht geschlafen. War immer wieder wach und habe, wenn ich denn mal schlief, schlecht geträumt."

Ich zwang mir bei diesen Worten ein Lächeln auf und schaute Toni in die Augen, was meine Glaubwürdigkeit unterstreichen sollte.

„Ich glaube dir, dass du eine schlechte Nacht hinter dir hast, Liebes, so etwas kommt vor. Ich denke... ich hoffe, dass du heute besser schlafen kannst."

„Ja" - sagte ich, unterstrich die Worte mit einem Nicken. „Sicher schlafe ich heute besser."

„Ganz bestimmt" - stimmte er mir zu und nahm mich wieder in den Arm. Vor wenigen Stunden noch, hätte diese Umarmung mir gutgetan. Nun jedoch fühlte ich weniger, als wenn mein Nachbar mich umarmt hätte. Toni war zu einem Fremden geworden. Quasi von Einem Tag zum Anderen. Es war, als ob ich ihn nie kennengelernt hätte. Sicher, er war der Schauspieler aus dem TV. Jedermann kannte ihn. Mochte ihn. Nicht mehr. Die Gefühle zu ihm waren erloschen, wie die Temperaturen in einem erkalteten Vulkan. Klar, er war mal heiß. Mörderisch. Todbringend - und doch brachte er irgendwie Leben ins Spiel - durch fruchtbaren Boden. Vor ewigen Zeiten jedenfalls, als der Vulkan Toni noch aktiv war. Zeiten, die nun vorbei waren.

„Hat Carlos was gesagt?" - fragte ich, und heuchelte somit Interesse vor.

„Hat er eine Rolle für dich?"

„Er... er hat sich noch nicht gemeldet!"

Das war die Wahrheit

In den Nachrichten kam nun ein Bericht – nach alldem belanglosen politischen Getue, der interessant erschien.

„Ein Unfall legte heute den Bahnverkehr lahm. Der Fahrer eines Autos muss wohl die Bahnschranken übersehen haben und ist so auf die Gleise geraten. Da keinerlei Bremsspuren zu sehen waren, konnten sich die ermittelnden Polizeibeamten keinen Reim darauf machen, warum der Mann, der in seinem Auto verbrannte, durch die Schranken fuhr. Ein Suizid wurde letztlich nicht ausgeschlossen." Dies meldete die freundliche Stimme der Nachrichtenredaktion.

„Da" - meldete sich die berühmte Stimme weiter zu Wort - „nur ein einziges Mitglied unserer Gemeinde ein solches Auto fährt, war schnell klar um wen es sich wahrscheinlich handelt. Weitere Utensilien, die im Handschuhfach des Wagens gefunden wurden, bestätigten den Verdacht... bei dem Toten handelt es sich mit hoher Wahrscheinlichkeit um Carlos Refus. Einem Agent einer Künstleragentur. Er verbrannte auf furchtbare Weise."

Meine schauspielerischen Qualitäten verbesserten sich. Ohne Regung verfolgte ich den TV-Bericht.

Stattdessen schrie Toni hervor: „Oh Gott – Carlos... hast du das mitbekommen? Er ist tot!"

„Ja, ich habe es mitbekommen. Es... schockiert mich ebenso" - log ich. „Wenn man jemanden kennt, kommt es einem immer viel schlimmer vor, wie wenn der Nachbar am Ende der Straße gestorben ist, dem man höchstens im Vorbeifahren mal gewunken hat. Von dem man nicht einmal den Namen kennt. Du kanntest Carlos ja noch viel, viel besser als ich. Für dich muss es echt schlimm sein!"

Hatte ich das wirklich gesagt?

Konnte ich so überzeugend lügen?

Für mich war dieser Carlos ein Schwein. Dies hatte für mich bereits kurz nachdem ich ihn kennengelernt hatte, festgestanden. Als er mich mit seinen Augen auszog. Sich vorstellte, wie meine Brustwarzen aussahen. Sich vorab schon ausmalte, wie es sein wird, in mir zu sein. Ich musste diesen Gedanken wegschieben, sonst wäre mir schlecht geworden und ich hätte meine Rolle nicht weiterspielen können. Die Wut war jedenfalls wieder „in Augenhöhe" - der Hass greifbar.

„Es wird irgendwie weitergehen" - meinte Toni. Mamas Spruch!

„So, wird es das?" - ich lachte und weinte gleichzeitig.

„Aber ja, Liebes, beruhige dich. Ich werde das alles schon regeln.

Bis jetzt habe ich noch jede Hürde geschafft."
„Ja, das glaube ich dir. Mama sagt auch immer, dass es weitergeht."
Toni lachte kurz auf: „Deine Mama hat recht... es geht immer
irgendwie weiter... immer."
„Ja" - nickte ich - „immer, das stimmt. Mama sagt, die Erde dreht
sich. Es wird immer wieder einen Morgen geben. Ob nun die
Dinosaurier darauf wandeln, oder wir Menschen... oder Aliens...
irgendwann."
„Das glaube ich nun nicht, aber ansonsten würde ich alles
unterschreiben, was deine Mama sagte!"
Ich hasste ihn, alleine, weil er Mamas Sprüche in den Dreck zog.
Mir selbst wurden diese Sprüche erst vor kurzem Bewusst.
ER durfte sie nicht nennen.
Ich musste mich zusammenreißen, dass ich nicht die Beherrschung
verlor. Da war ich schon seltsam. Dies musste ich schon zugeben.
Dass Toni Mama zitierte, störte mich. Die Ereignisse des letzten
Tages und die Momente des „Unfalls" ließen mich beinahe
unberührt. Ich hatte es relativ schnell überwunden – dank Max.
Carlos hatte nicht nur den Tod verdient – den auf einem
elektrischen Stuhl beispielsweise... nein, er hatte genau den Tod
verdient, den er auch gestorben war. Einen Tod voller Angst und
voller Qual.
Mir brachte sein Tod jedenfalls Genugtuung. Er befreite mich.
Halbwegs. Wenn Toni im Gefängnis wäre, dann ginge es mir wieder
gut. Das wusste ich.
War ich deswegen gemein?
Ich musste tun, was Mama sagt – und dies hieß weiterleben... und
dies hieß, die Dinge zu ordnen. Wie ich eben im Kopf resümierte.
Die Ordnung bestimmte mein Leben. Jeder braucht seine Ordnung.
Selbst ein Rockstar.
Rock'n Roll, all night
… mag sein, dass man nicht viel mehr braucht, wie der Titel meiner
Lieblingsband sagt. Aber nicht ohne Regeln, ohne Ordnung. Erst der
Bass, dann das Schlagzeug... so ist das, Mama... jetzt hab ich dir mal
was erklärt...

„Ich gehe ins Bett, entschuldige" - waren meine Worte, dann ging ich ins Bett.

Toni nickte nur. Und ich dachte, dass es ja gar nicht so schlecht lief. Nach weiterer Überlegung kam ich zu dem Schluss, dass der Abend tatsächlich gar nicht so schlecht verlaufen war. Weder Toni, noch die Ermittler hatten einen Verdacht. Toni schien sich kaum weitere Gedanken zu machen. Er hatte einfach anderes im Kopf. Ihm war nun klar, warum Carlos nicht antwortete – er war tot, die Nachrichten hatten es gebracht. Für ihn würde das andere Geschäft Geld bringen. Und die Ermittler schienen nichts gefunden zu haben, sonst hätten sie was gesagt.

Jetzt kam es nur noch darauf an, ob ich das alles verarbeiten könnte. Ob ich ruhig schlafen konnte oder ob eine Traumschleife mir ein schlechtes Gewissen bringen würde. Ich machte mich im Bad fertig und putzte mir die Zähne. Ich ging wie gewohnt in einem Langshirt ins Bett. Ansonsten nur eine Unterhose. Ich schlief jedenfalls schnell ein – schlief ohne Unterbrechung durch und erwachte erst um neun Uhr morgens. Erwachte ausgeruht. Alles war gut. Meine Sorge galt Max. Ob es ihm genauso gut ging wie mir? Ich entschloss mich, ihn in einer ruhigen Minute anzurufen. Er war mir wichtig geworden. Es hätte mir weh getan, wenn es ihm nicht gut gegangen wäre. Daher hoffte ich inständig, dass er ebenso gut geschlafen hatte, wie ich. Froh war ich, dass seinem Auto nichts passiert war. Wusste ich doch, dass er den Karren liebte. Wenn eine Spur des „Unfalls" vorhanden gewesen wäre, dies wäre auch in anderer Hinsicht schlecht gewesen. Man hätte vielleicht ihm – hätte uns – etwas nachweisen können. Nun, gut dass es nicht so war. Ich war auf die Antwort von Max gespannt wie ein Flitzbogen.

Toni lag neben mir im Bett und schnarchte noch leise vor sich hin. Ich stand auf und machte im Bad meine Morgentoilette. Ich aß anschließend eine Scheibe Brot mit Erdbeermarmelade und trank eine Tasse Kaffee dabei. Toni kam irgendwann hinzu. Er aß das gleiche wie ich. Ohne viele Worte saßen wir nebeneinander und aßen und tranken. Ich brauchte eine zweite Tasse.

Die Straße, in der wir wohnten, war sehr ruhig. Alles, was wir hörten, war das zwitschern der Vögel vor dem Terrassenfenster. Toni unterbrach die Stille, indem er sagte: „Eh, bevor ich es vergesse, ich treffe mich Morgenabend wieder mit Kollegen. Ich muss gucken, wie es weitergeht."

„Ja, okay" - sagte ich nur, als ob mich das nicht weiter interessieren würde. „Wann triffst du dich denn?"

„Och, morgen so gegen neunzehn Uhr."

„Wo?"

„Weiß noch nicht genau... wir machen das kurzfristig ab."

Mit Sicherheit wusste er genau wo sie sich treffen würden. Verständlicherweise gab er es nicht zu. Eigentlich war das gut so, - denn, ich sollte natürlich von alledem nichts wissen. Und eigentlich wollte ich auch von alledem nichts wissen. Ganz ehrlich. Am liebsten wäre mir gewesen, Carlos wäre ein guter Mensch gewesen und hätte Toni geholfen und der hätte seine Schauspielkarriere voranbringen können. Das Leben hätte toll werden können.

Obwohl... Max

Max war weitaus mehr geworden als ein Notanker. Er hat – in gewissem Sinn mein Leben gerettet. Ohne ihn hätte ich es nicht geschafft. Nicht so gut. Nicht so schnell. Ich wäre vielleicht nicht hilflos gewesen – irgendwie hätte ich es sicherlich hinbekommen. Aber nicht in dieser Geschwindigkeit. Mein Leben war ja doch erheblich aus dem Rahmen geworfen worden. Es musste ja neu geordnet werden. Dafür war ich Max mehr als nur dankbar. Mein Leben war bis auf den einen schlimmen Moment nie schlecht gewesen. Die Aufregung in letzter Zeit war natürlich die Grenze dessen, was mein Herz standhalten konnte. Nun hatte ich jedenfalls alle Fäden in der Hand. Das Schicksal regierte nun nicht mehr mich, sondern ich würde von nun an alles lenken. So, wie ich es, mit Max´ Hilfe, seit gestern angefangen hatte, das Leben zu steuern. Niemand würde mir mehr dazwischenfunken, soviel war sicher.

Tonis Termin... also die „Organspende" stand ja. Es gab also – sozusagen, Handlungsbedarf. Doch ich war – wiedereinmal, zwiegespalten. Die Gedanken die ich hatte... zum Einen dachte ich, dass es wirklich schön gewesen wäre, wenn das tolle Leben, das Toni und ich hatten... ja, ich musste zugeben, dass ich mir eine Zeitlang in Tonis Nähe vorkam wie eine Prinzessin. Hätte er als Schauspieler weiterhin arbeiten können, hätte alles weitergehen können. Auch wenn ich es nicht so recht zugeben wollte, das unbeschwerte Luxusleben – ich hatte mich mehr als nur daran gewöhnt. Es war zugegebener Maßen, schon schön. Aber, es kam eben einmal alles anders. Der kurze Traum, den ich mit Toni hatte, war geplatzt wie eine Seifenblase. Mehr als das. Toni hatte mich zutiefst enttäuscht. Auch das traf des Pudels Kern nicht. Bei weitem nicht. Denn, er hatte mich verkauft. Wie ein Stück Wurst hat er mich verkauft. Fleisch... Freiwild war ich für ihn und Carlos. Er hatte mich erniedrigt. Wie ein Stück Scheiße behandelt. Und, er setzte sich über Gesetze hinweg. Nur, um an Geld zu kommen. Er war zum Schwein mutiert! Ein Mensch ohne Skrupel. Gott sei dank habe ich eins und eins zusammengezählt. Alles Weitere würde kommen. So, wie das Schicksal – also ich, es bestimmen würde...

Und das war gleichzeitig der Zweite Punkt, der mich beschäftigte: das Böse... was aber letztendlich sein Gutes hatte – nämlich gerade, dass ich selbstbewusster wurde. Erkannte, dass das Gute, mit Namen Max, so nah war.

Kapitel 12
Zugriff

Nach einer unruhigen, fast schlaflosen Nacht, erwachte ich am nächsten Morgen. Ich lag tatsächlich wieder im Bett des Hasses. Obwohl ich dies niemals mehr wollte. Doch in dem Punkt hatte ich mich selbst übertroffen. Ohne Herzklopfen hatte ich mich am Abend in meine Betthälfte begeben und legte mich auf die Seite – mit dem Rücken zu Toni. Als er meine Schulter küsste, gab ich „unendliche" Müdigkeit an. Er ließ mich zufrieden, wofür ich dankbar war. Er drehte sich ebenso um, sodass wir Rücken an Rücken lagen. Nach kurzer Zeit hörte ich ihn leise Schnarchen.

Ich konnte noch nicht schlafen. Zu viele Gedanken im Kopf hielten mich vom Schlafen ab. Die Vergewaltigung in diesem Bett... herumfliegende Splitter von Carlos Autoscheiben – Pauls Motorrad, ebenfalls Splitter auf der Straße. Das Lächeln von Max. Toni im Hubschrauber. Mallorca und das feine Essen. Dann die Fremden, mit denen Toni sich traf – um diese illegalen Organe auszutauschen. Irgendwann fielen mir dann die Augen zu. Doch wurde ich immer wieder wach. Dann wiederholten sich die Bilder, in ungeordneter Reihenfolge. Dann sah ich mich selbst auf der Selbstmörder-Brücke. Die Unsicherheit.

Tod oder Liebe? - Lisa...

... stellte ich mir die Frage – da oben auf der Brücke. Damals sah ich das Gesicht von Max vor mir, als ich die Augen schloss – bereit, über den Zaun zu klettern. Max Lächeln holte mich auf den Boden zurück. Damit rettete er mich. Mit seinem Lächeln.

Mittags

Als ich erwachte, ich war müde, da ich kaum geschlafen hatte, stand ich auf. Es war neun Uhr morgens. Jetzt hätte ich schlafen können, doch ich quälte mich aus dem Bett, stand auf um mich fit zu machen. Ich frühstückte. Toni war unterwegs. Er hatte einen Zettel hinterlassen auf dem stand, dass er für das Wochenende kaufen wäre und zum Mittagessen etwas vom Chinesen mitbringen würde.

Das tat er dann auch. Kurz nach Mittag kam Toni die Tür mit einer Papiertüte, auf der chinesische Buchstaben waren, herein. Wir aßen und unterhielten uns dabei über belanglose Dinge. Über vergangene Tage und neue Pläne. Ich wusste, dass er log, wenn er über seine Zukunft sprach. Mir war seit langem klar, dass seine Schauspielkarriere vorbei war. Er hatte es nur noch nicht verstanden. Er spielte immer noch sein Spiel – von wegen, es gäbe neue Ideen und Pläne, und neue, vielversprechende Rollen. Er log, wenn er den Mund aufmachte.

„Wann fährst du... habt ihr nun ausgemacht, wo ihr euch trefft?" - fragte ich. Toni wich mir aus und druckste herum. Gab mir keine richtige Antwort. Ich nickte nur – überlegte jedoch, wie ich es anstellen wollte, dass die Polizei ihn verfolgte. Alles, was mir einfiel war, dass ich ihnen einfach nur die Wahrheit sagen konnte.

So tat ich es auch. Nachdem ich unter einem Vorwand die Wohnung verlassen hatte, ging ich zur Polizei und erklärte denen alles.

Der Polizist auf der Wache stand, als er mich kommen sah, von seinem Schreibtisch auf und wartete hinter einer kleinen Theke mit einem Lächeln auf mich. Ich musste erst durch eine Glastüre, die sich nur in eine Richtung öffnen ließ und zog erst in die falsche Richtung. Er war freundlich, erfüllte vom Aussehen her voll dem Klischee – dem Bild, wie viele sich einen Polizisten vorstellen. Er war etwa fünfundvierzig Jahre alt, hatte graue Schläfen an den Seiten – am ansonsten fast schwarzen Haar. Und er hatte einen graumelierten Schnauzbart.

„Was kann ich für sie tun?" - fragte er mich mit seiner angenehmen, weichen und doch männlichen Stimme.

„Es dreht sich um meinen Mann!" - antwortete ich.

Er nickte und fragte besorgt ob er mich denn schlage.

„Nein" - versicherte ich ihm. „Es ist vielmehr so, dass ich

herausgefunden habe, dass er mit Organen handelt!"
„Oh, das ist eine schlimme Anschuldigung. Können sie das
Beweisen oder haben sie nur einen Verdacht?"
„Ich", stotterte ich - „... ich, ich muss gestehen, dass ich es bereits
schon einmal beobachtet habe."
„Was haben sie gesehen?" - unterbrach er mich.
„Ich war mir nicht zu hundert Prozent sicher, darum bin ich auch
nicht sofort zur Polizei. Aber als er heute sagte, dass er sich heute
Abend wieder mit den Leuten... ich vermute, dass es sich um eine
Ärztin handelt, trifft, da hielt es mich nicht mehr auf dem Stuhl".
„Und wieso sind sie sich jetzt so sicher" - fragte der Polizist, dessen
Namensschild ihn als „Schmidt" auswies... Hauptkommissar. Was
immer das auch hieße.
„Nun", begann ich meine Rede - „Sie wissen noch nicht, um wen es
sich handelt... mein Mann heißt Toni Marell!"
„Der Schauspieler?"
„Ja, genau der."
„Und warum sollte der so etwas machen? Der verdient doch sicher
gut... hat das sicher nicht nötig – oder?"
„Das ist es ja gerade. Er hat seit Langem schon keine Rolle mehr
annehmen können. Es will ihn im Moment keiner. Es ist traurig, aber
wahr. Mir tut es selbst in der Seele leid aber ich kann es nicht ändern
– es ist so, wie ich es ihnen eben sagte. Glauben sie mir, es ist so!"
„Ich will ihnen ja glauben. Um ehrlich zu sein muss ich ihnen... es
ist so. Jeder Einsatz kostet Geld. Wir..."
„Hören sie auf" - unterbrach ich ihn - „ich mache keine Witze, es ist
wahr. Und wenn sie wollen erstatte ich auch ganz offiziell eine
Anzeige. Sie müssen ihn beschatten, glauben sie mir. Ich mache
keinen Spaß!"
„Okay, okay" - beschwichtigte er. Dann nehmen wir zunächst ihre
Daten auf, und sie formulieren mir die Anzeige. Danach können wir
tätig werden – in Ordnung?"
„Ja, okay" - ich war sauer. Das der mir nicht gleich glaubte. Mit so
was macht man doch keinen Scherz. Obwohl – ich konnte mir
denken, dass mehrmals pro Woche, Menschen – überall auf der Welt,

in ein Polizeirevier kamen, um den Polizisten ihre Vermutungen zu erzählten. Die gingen dann ihrem Job nach und untersuchten die jeweilige Sache; und dies nur, um dann festzustellen, dass nichts dabei heraus kam. Somit war verständlich, dass die nicht gleich jedem Furz hinterherliefen. Okay, so war das wohl. Aber in dem Fall war das gut so. Ich wusste ja, dass es ernst war. Zwei Dinge gingen mir natürlich durch den Kopf. Einmal: Wenn Toni oder einer seiner Verbündeten, das Ding heute abblasen würde (warum auch immer) – dann würde ich unglaubwürdig dastehen. Und – zweitens: Toni wüsste wohl, dass ich es war, der ihn verraten hatte. Aber – irgendwie war das mir auch egal. Er war nun mal schuldig. Da gab es nichts zu rütteln.

Es gab aber noch einen weiteren Gedanken: So, wie ich ihn kannte, würde er daran zugrunde gehen... im Gefängnis. Alles verloren was er jemals besaß. Aber er hatte es ja verdient. Alleine weil er die Vergewaltigung zuließ. Die eigene Frau zu verkaufen war wohl eines der niederträchtigsten Dinge, die man einem Menschen antun konnte. Eigentlich einem Menschen, den man ja doch liebt... hoffentlich.

Ich erinnerte mich, an das verrückteste, das Toni und ich taten. Unsere Hochzeit! Kurz nach dem Mallorca-Urlaub. Wir gingen in eine kleine Kapelle, die nicht weit von unserem Heimatort ist. Es handelt sich dabei um eine Kapelle mit dem Begriff Bergkapelle – obwohl es sich eher um einen großen Hügel handelt. Außerdem dachte ich bis dahin immer, dass Bergkapellen tatsächlich auf Bergen stehen... nun, Toni wollte mir das Örtchen zeigen und wir sind hin. Und ich musste zugeben, dass es dort bezaubernd war. Eine sehr schöne kleine Kapelle, in der viele Menschen zum Beten kamen. Viele kleine Kerzen brannten in einem extra dafür vorgesehenen Halter. Ich wünschte den unbekannten Leuten, dass alle ihre Wünsche und Hoffnungen erfüllt wurden.

Jedenfalls fragte Toni, wir saßen auf der Bank in der ersten Reihe, ob ich ihn denn heiraten wolle. Es war die Zeit wo noch Hoffnung angebracht war, dass das Blatt sich noch wenden könnte. Ich hatte eingewilligt. Natürlich hatte mein Ja-Wort per Gesetz keine Gültigkeit. Aber Gott, wenn es denn so war, der hätte oder hatte schon zugehört. Wie auch immer. Solche Gedanken waren verrückt. Ich war immer noch hin und hergerissen. Aber das lag wohl daran, dass ich mich bei Toni eine Zeitlang doch recht wohl gefühlt hatte. Und ich verdammt nochmal nicht wusste, wie es weitergehen würde. Nach meiner Erfahrung war es doch so, dass ich zwar meines Schicksals eigener Schmied war, aber es kamen immer Dinge auf einen zu, die von Außen kamen. Für die man nichts konnte. Die man nicht steuern konnte. Man musste dann das Beste aus der Situation machen. Das hatte auch Mama immer schon gesagt. Nun, das war wohl so. Aber im Moment hing ich irgendwie in der Luft. Bei Toni musste ich kurz über lang ausziehen. Zu meinen Eltern wollte ich nicht. Zu Max... zu frisch, zu schnell... oder? Eigene Wohnung – auf die Schnelle?

Was? Wie? Wo...

Es war deprimierend. Aber es musste alles so sein – wie immer es auch kommen möge. Es war auch nicht mehr aufzuhalten. Die Polizei würde heute Tonis Haus beobachten und ihn in einem getarnten Auto verfolgen. Alles lief.

Was sollte ich derweil tun? Nach erneuter Überlegung, war ich zu dem Schluss gekommen zu Mama zu fahren. Kaffee zu trinken und abzuwarten, bis alles erledigt ist und Gras über alles gewachsen ist. Ich suchte also ihre Nummer aus der Kontaktliste meines Handys und wollte sie anrufen. Aber, das konnte ich nicht. Ich weiß nicht warum... vielleicht war noch so viel Adrenalin in meinem Blut, dass ich einfach keine Ruhe fand... oder... ich wollte einfach dabei sein. Sehen, wie sie Schwein Nummer zwei festnahmen. Dann rief ich sie doch an. Ich erzählte Mama nur in kurzen Worten, dass ich mich nur mal wieder melden wollte und ansonsten alles gut liefe. Das war nicht zur Gänze gelogen. Seit Carlos Tot, so schlimm sich dies auch anhört, ging es mir besser. Als ich aufgelegt hatte, suchte ich die Nummer von Max. Nach bereits dem zweiten Klingelzeichen meldete er sich – zu meiner Verwunderung, mit einer Selbstsicherheit wie ich sie bei ihm nicht kannte.

„Na, du Frau meiner Träume" - plärrte er beinahe... das passte nicht zu ihm.

„Wie bitte? - fragte ich daher.

„Entschuldige" - meinte er dann - „ich hab das mal in einem Film gesehen."

„Ha ha" - das Lachen war echt und ich glaubte ihm sogar, dass er den Spruch aus dem Kino hatte.

„Wie wäre es, willst du mal zur Abwechselung auf der Seite des Gesetzes stehen?" - fragte ich ihn.

„Wie meinst du das? Wir sind bis jetzt nur im Auto spazieren gefahren... dabei sahen wir einen schlimmen Unfall... oder?"

Ich musste schon wieder Lachen. „Hast du heute Morgen einen Clown gefrühstückt?" - wollte ich wissen. „Ich wusste gar nicht, dass du so lustig sein kannst!"

„Du solltest mal meine Parodie sehen. Es gibt Leute, die sagen, dass ich als Charlie mein Geld verdienen könnte".

„Du bringst mich heute an einer Tour zum Lachen – und, du überraschst mich. Ich stelle fest: du bist klug, siehst gut aus, hast einen Job... und jetzt bist du auch noch witzig... und du bist sicher, dass du noch Single bist?"

„Ich habe mein ganzes Leben nur auf den richtigen Moment gewartet... auf dich!"

„Oh... jetzt auch noch Charmeur... du hast gerade eine Träne in mein linkes Auge gezaubert. Du bist goldig... rührend... ich glaube, nun habe ich alle deine positiven Merkmale aufgezählt. Ah ja, was du getan hast, das war mutig... stimmt´s? Hast du auch ein paar negative Punkte, über die ich Bescheid wissen sollte. Bist du pervers... oder – hast du eine dunkle Vergangenheit... als schwarzer Magier, oder Scheckkartenbetrüger? Nach alledem, was ich erlebt habe, muss ich mir gut überlegen, mit wem ich mich in Zukunft abgebe" - bei all den Worten hatte ich ein Grinsen im Gesicht.

„Wenn ich dich recht verstehe, willst du mich öfter sehen? Wie wäre es nächstes Wochenende? Ich lade dich zum Essen beim Italiener ein!"

„Das klingt gut, okay, abgemacht" - und ich lachte schon wieder.

„Aber du hast mir noch keine Antwort gegeben. Bist du heute Abend dabei?"

„Wo immer es dich hinzieht, ich bin dabei!"

„Lasse mich raten – der Spruch ist aus einem Film?"

„Eh, nein, dieses Mal nicht, Traue mir nur mal was zu. Ich kann auch Gedichte!"

„Echt? Das will ich sehen. Also, wenn du nun noch romantisch bist, hast du mein Herz vollends erobert!"

Nun musste Max lachen. „Ich setze mich gleich hin und schreibe" - scherzte er... oder meinte er es ernst? Plötzlich wusste ich, dass er es vollkommen ernst meinte. Ich sah schon vor meinem inneren Auge, dass er mir gleich ein zusammengefaltetes Blatt Papier in die Hand drücken würde.

„Wohin soll ich kommen, wen machen wir dieses Mal platt?"

„Ich komm dich gleich abholen. Mein Kleiner ist unauffälliger".

Und ich schilderte ihm kurz um was es ging.

„Dann kannst du endgültig deiner Ungerechtigkeit eine in die Fresse schlagen" - meinte er, und ich wunderte mich schon wieder über seinen „frechen Ton", den er seit neuestem an den Tag legte. Ich schätzte, dass er mir imponieren wollte... cool sein wollte. Der „Echte" Max hatte mir besser gefallen. Ich würde ihm beibringen, dass er bei mir keine Rolle spielen musste. Ich wollte nie den Typ mit spiegelnder Pilotenbrille. Modischem Dingsbums. So war ich nicht und das verlangte ich auch nicht. Sicher, wenn einer so tickt, dann bin ich nicht diejenige, die einen mit Gewalt ändern will. Aber hier sah ich das geringste Problem. Alles würde sich ohne weiteres Zutun wieder einspielen. Was Max anging, machte ich mir keine Sorgen. Nach dem kurzen aber lustigen Gespräch wusste ich, dass ich einen Fehler gemacht hatte. Ich hätte mich gleich mit Max statt mit Toni abgeben sollen.

Man lernt eben nie aus...

Mamas Worte – einmal mehr eine Wahrheit. Ich startete nach einem Blick auf die Uhr im Innenraum mein Wägelchen und fuhr zu Max. 17:24 Uhr zeigte die digitale Anzeige in der Mitte der Konsole. 22°C. Es war immer noch warm, obwohl es bereits Mitte September war. Ich sog den Wind, der durch das halb geöffnete Zimmer strömte, tief in die Nase. Sofort nahm ich den Geruch des Busches am

Wegrand wahr. Bald würde das Jahr ein Ende nehmen. Aber für mich
– und Max, würde nach Alledem das Leben – unser Leben, nicht nur
eine positive Wendung vollführen; nein, für mich würde das Leben
neu beginnen. Und für Max ebenso. Dafür würde ich sorgen.
Bis zu Max würde ich etwa fünfzehn Minuten brauchen. Und dann
zurück zu Tonis Haus nochmals etwa zehn Minuten. Dann war es
kurz vor sechs Uhr abends. Da ich nicht wusste, wie weit Toni fahren
musste – also nicht wusste, wie lange er zu seinem Ziel brauchen
würde. Doch eine Stunde vorher war sicher früh genug. Die Beamten
der Polizei wären, so der nette Polizist, der die Anzeige
aufgenommen hatte, so gegen 17:45 Uhr in der nähe von Tonis Haus.
Sie kannten sein Auto und hatten bestimmt kein Problem ihm
unauffällig zu folgen. Das war schließlich ihr Job.

Max, ich hatte es auch nicht anders erwartet, stand bereits vor
seinem Elternhaus. Ich hielt nur kurz am Wegrand an. Max
umrundete das Auto und nahm dann auf dem Beifahrersitz platz. Ich
war drum und dran ihn zu küssen, tat es aber nicht. Dies war nicht
der Zeitpunkt für Zärtlichkeiten. Ich schaute mich um. Die Straße
war leer. Erst weiter hinten käme ein grünes Auto. Ich wendete in
zwei Zügen. Dann fuhren wir in die entgegengesetzte Richtung.

Zum Glück fand ich einen Parkplatz in Sichtrichtung auf Tonis
Haus. Keine Ahnung welches Auto die Polizei verwendete, aber drei
Autos vor uns stand eine schwarze Limousine, in der zwei Männer
saßen und aßen. Ob sie gerade Pause hatten oder das Essen Teil der
Tarnung war, entzog sich meiner Kenntnis. Ich musste aber zugeben,
dass es harmlos aussah. Halt zwei Leute die im Auto saßen und aßen.
Also, selbst wenn Toni sie sehen würde, er würde kaum Notiz von
ihnen nehmen. Er würde losfahren und sich nichts dabei denken. Nun
erst wurde mir bewusst, dass er überhaupt kein Typ war, der sich
große Gedanken machte. Das meiste war ihm egal. Er interessierte
sich nur für sein beschissenes Leben. Das Leben auf großem Fuß –
das ihm nun mal nicht zustand. Weil er das Geld, das er verdiente,
eben nicht als Schauspieler verdiente, sondern als Organschmuggler.
Mehr konnte er nicht. Einen normalen Job annehmen und somit auf
vieles verzichten – undenkbar. Nicht Toni, niemals.

Es ging los. Toni kam aus dem Haus. In gewohnter Manier um-
schlenderte er sein Luxus-Vehikel betont lässig. Er stieg ein und fuhr
rückwärts aus der Einfahrt heraus. Mit quietschenden Reifen fuhr er
an, sodass ich dachte: Oh, Freund, fahre nur nicht wie sonst... zu
dicht auf, abbiegen ohne zu blinken, und dann war er noch immer zu
schnell unterwegs. Und ich dachte weiter: die Polizei ist dir auf den
Fersen und wird dies registrieren. Doch dann dachte ich weiter: Egal,
wo du hingehst, wirst du deinen Führerschein nicht brauchen.

Die Fahrt führte wieder außerhalb der Stadt. Ein erneuter Blick auf
meine kleine Uhr im Auto zeigte mir, dass es nun 18:40 Uhr war.
Meine Vermutung war, dies sagte mir die Fahrtrichtung, dass es
wieder in dieses Hotel ging. Dorthin, wo sie sich das letzte Mal auch
getroffen hatten. Meiner Schätzung nach würden wir kurz vor 19:00
Uhr dort ankommen. Nach diesen Überlegungen war ich mir
eigentlich ziemlich sicher, dass er dorthin ging. Wäre naheliegend.
Der Platz dort war abgelegen, was wenig Zeugen bedeutete, und
dennoch irgendwie zentral gelegen. Vor Jahren war ich mit meinen
Eltern mal da. Es gab dort gutes Essen. Deftige Hausmannskost. Die
Leute, die dort aßen, taten dies um die Mittagszeit. Jetzt, am Abend,
da sollten eigentlich weitere Gäste zum Abendessen eintreffen. Ich
hatte mich bereits das letzte Mal schon gewundert, dass keiner da
war. Möglich, dass das Restaurant an bestimmten Tagen für den
Außenbereich gesperrt war... oder – ich wusste es nicht. Dinge
ändern sich. Früher war das Lokal jedenfalls immer gut besucht.
Dem war wohl nicht mehr so. Vielleicht war es ja heute anders. Wir
würden es sehen.

Max bemerkte, dass ich in Gedanken war, und fragte mich: „An
was denkst du denn?"

„Och, eigentlich an nichts. Ich lasse mir nur alles durch den Kopf
gehen. Ich denke es geht an dieses Hotel im Wald. Der Name fällt
mir nicht ein. Es ist auch ein Ausflugslokal für Wanderer. Früher
jedenfalls".

„Ja, ich kenne das Ding... überlege auch gerade, wie das Hotel
heißt. Ist ja idyllisch gelegen".

„Ja, genau, das kennt glaube ich jeder aus der Gegend. Und fast alle waren wohl schon dort essen. Ihr auch?"

„Klar – der Klassiker. Wiener Schnitzel mit Pommes und Salat bei Papa. Ein Rahmschnitzel bei Mama. Papa ein Bier, Mama ein Weißwein. Ich eine Cola und ebenfalls ein Schnitzel".

Ich lachte: „Bei uns war es ganz genauso – nur in umgekehrter Reihenfolge. Papa ein Rotwein und Mama und ich Cola. Wie die Dinge sich doch ähneln".

„Ja, genau" - nun gab er mir schüchtern einen Kuss auf die Wange. Das war der Max wie ich ihn kannte. Ich lächelte ihn an. Vorne kam die Kreuzung wo es nach rechts gehen musste. Toni hatte geblinkt! Es ging nach rechts – wusste ich es doch. Na, war auch nicht so schwer zu erraten.

„Hügelhotel" - warf Max ein.

Wieder lachte ich und sah Max von der Seite her an: „Nein, nicht Hügel – du Komiker – Berghotel heißt das Ding.

„Jedenfalls sind wir gleich da".

„Ja, gab ich zu. Es wird spannend. Wir müssen aufpassen. Mein Auto kennt er ja. Ich überlege, ob ich mich etwas abfallen lasse!"

„Nein, zu auffällig. Er hat es ja bis jetzt nicht gemerkt. Es sind ja noch drei Autos dazwischen. Erst, wenn wir die letzte Kurve vor dem Hotel anfahren... dann würde ich die Fahrt verlangsamen".

„Okay, so machen wir es".

Es dauerte nicht lange und die Einfahrt zum Landhotel, wie die Einheimischen es auch nannten, war zu sehen. Ich verlangsamte die Fahrt. Da hinter mir noch ein Fahrzeug war, schaltete ich die Warnblinkanlage an und fuhr an den Straßenrand. Der dachte wohl ich hätte eine Panne, setzte den Blinker und überholte. Idiot...

Ich wusste, dass hier auch oft die Wanderer parkten, wenn vorne am Hotel alles zugeparkt war. Mein Auto würde also kaum auffallen. Gut so. Von unserem jetzigen Standpunkt aus, würden wir aber nichts sehen. Ich nahm also das Fernglas (Papas Fernglas) aus dem Handschuhfach, wo es seither lag. Max schaute mir leicht verschmitzt lächelnd tief in die Augen.

„Los geht´s" - meinte er.

Ich nickte nur stumm. Im Moment galt es zu handeln – zum Reden war später noch Zeit. Wir stiegen aus. Im Gehen drückte ich die „Zu"-Taste meines Autoschlüssels. Ein Blinken zeigte mir an, dass mein Auto abgeschlossen war. Ein Blick nach rechts und links zeigte uns, dass die Straße frei war. Wir überquerten die Straße. Wir schauten uns nochmals um. Nichts zu sehen. Wir verschwanden im Gebüsch und wurden quasi unsichtbar. Wir blieben kurz stehen um uns zu orientieren. Zwischen den Blättern schimmerte die helle Fassade des Hotels durch, wir wechselten leicht die Richtung. Mir wurde bewusst, dass wir genau richtig gehandelt hatten. Wenn Toni auch nur mein Auto erkannt hätte, hätte er alles abgebrochen. Ich hätte mich bei der Polizei unmöglich gemacht. Die hätten mich nicht mehr ernst genommen. Jedenfalls nicht mehr so schnell. Alles nochmal gutgegangen, dachte ich. Aber, dachte ich weiter, es war schon gewagt. Mutig zwar – aber... Ich hätte bei Mama oder Max daheim warten sollen, bis alles vorbei gewesen wäre. Aber irgendwie war ich zur „Frau der Tat" geworden. Es war Sonnenklar, dass ich es - egal wo, nicht ausgehalten hätte. Ich wäre auf einem Stuhl hin und her gerutscht, bis ein Anruf von einem fremden Mann – einem Polizist, gekommen wäre. Und wäre es auch spät in der Nacht gewesen. Erst dann wäre ich zur Ruhe gekommen.

Hatte ich jetzt Ruhe?

Mein Puls lag sicher bei 160 bis 180 Schlägen . Ja, es war aufregend, aber ich brauchte es. Es würde mir die Genugtuung geben, nach der mein Herz so verlangte. Und dass Max an meiner Seite war... nun, er würde es von nun an (hoffentlich) für immer bleiben; an meiner Seite. Ein Mensch braucht die Liebe wie,.. Sauerstoff...

(wie hieß der alte Song?)

Liebe ist wie Sauerstoff
hast du zu viel – wirst du high
hast du zu wenig – gehst du zugrunde

Ja, genau. Liebe ist ein Rettungsanker. Und man braucht Sie, wie Essen, Trinken – und ja, wie die Luft zum Atmen. Die Liebe hielt

mich am Leben. Dies musste ich genau so sagen, dachte ich.
Wir kamen an ein kleines Feld. Eine Lichtung. Das hieß, dass wir
aufpassen mussten, wollten wir nicht doch noch im letzten Moment
auffallen. Es war wohl genau die Lichtung, die mir das letzte Mal
einen Blick auf das Geschehen bescherte. Ein Blick Richtung Straße
bestätigte meine Annahme. Etwa dreißig Meter von hier hatte ich
letztens am Wegrand gestanden. Dort stand nun ein anderes Auto.
Dann erschrak ich heftig. Nur etwa fünf Meter weiter von diesem
Platz entfernt stand das Polizeiauto. Ich hoffte inständig, dass sie uns
nicht gesehen hatten. Wenn sie uns gesehen hätten, wären wir
sicherlich im Feld der Verdächtigen gewesen. Ich stoppte also Max,
indem ich ihn an der Hand zurückhielt. Er schaute mich an und sah,
dass ich den Finger auf den Mund hielt, was bedeutete, er solle ruhig
sein. Wir versteckten uns also hinter einer dicken Eiche.
Weiterzugehen wäre zu gewagt gewesen. Die Terrasse, auf der Toni
das letzte Mal seinen Kaffee getrunken hatte, war höchstens zehn
Meter weit entfernt. Wir würden von hier einen überragend guten
Platz haben. Wir hatten – zwar immer etwas verdeckt durch Äste,
Zweige und Blätter, alles ganz gut im Blick. Wir sahen von der
rechten Seite des dicken Baumstamms, wo Max sich befand, die
Polizeibeamten. Und von der linken Seite, wo ich mich befand, hatte
ich eine gute Sicht auf Toni.
  Ich erklärte aus meiner Sicht Max die Situation. „Da hinten ist die
Polizei" - das wusste er wohl selbst, ich hatte jedoch das Bedürfnis
alles was ich sah, loszuwerden. Wie ein Reporter erklärte ich daher
alles weitere: „Da vorne ist Toni. Er sitzt auf dem selben Platz wie
das letzte Mal. Er hat auch wieder eine Tasse Kaffee vor sich" -
flüsterte ich und kam mir schon etwas seltsam vor. War mir doch
klar, dass er das alles selbst verfolgte. Zur Abwechslung sagte ich
daher mal etwas, das er noch nicht wusste.
  „Wenn der Typ so pünktlich wie das letzte mal ist, kommt gleich
dieser arabisch wirkende Kerl mit dem viereckigen Koffer. Der stellt
das Ding nur ab und..."
  Die Geschehnisse unterbrachen mich. Der selbe Wagen wie
letztens, ein sogenanntes SUV – bog auf den kleinen Parkplatz vorm

Hotel ein. Der gleiche Typ stieg aus. Verspiegelte Pilotenbrille und schwarze Lederhose, darüber weißes T-Shirt und die goldne, extra dicke Goldkette. Die Heckklappe seines Autos öffnete sich wie von Geisterhand. Der Fremde entnahm den mysteriösen Kasten. Eine Handbewegung reichte und der Kofferraumdeckel schloss sich wieder. Der Mann ging schnellen Schrittes auf Toni zu. Es war das selbe Schauspiel wie das letzte Mal. Sie wechselten ein paar Worte, mehr als schon einmal, und der „schwarz-lackierte" Fremde verließ die Szene wieder. Und meine Hoffnung bestand darin, dass die Beamten den jetzt nicht verfolgten.

Max bestätigte von seinem „Beobachtungsplatz" aus: „Die lassen ihn weiterziehen!"

„Gut so" - versicherte ich. Überlege mal; der Deal ist erst vollendet, wenn die Ware auch abgeholt wird. Gleich wird die Ärztin kommen, und die wird den Koffer mitnehmen. Ich denke, dann schlagen die zwei Herren zu".

„Okay, verstehe... hast du denen gesagt, dass noch einer kommen wird, um das Paket in Empfang zu nehmen?"

„Ich muss gestehen, dass ich das nicht getan habe. Das habe ich echt verschwitzt. Aber du siehst ja. So doof sind die Damen und Herren unserer Polizei nicht! Die haben es nicht vermasselt. Und wenn doch, wäre es echt meine Schuld gewesen.

Dies wurde mir in dem Augenblick klar.

„Wenn man vom Teufel spricht" - waren meine nächsten Worte und Max verstand was ich meinte, er bezeugte dies kopfnickend. Eine Limousine fuhr zügig auf den Parkplatz. Die Ärztin. Nur ich wusste, dass gleich eine Frau aussteigen würde und zu Toni gehen würde. Ihr kirschrotes, wirres, scheinbar ungekämmtes halblanges Haar, wehte im leichten Wind. Sie war ähnlich angezogen, wie letztes Mal. Flache Schuhe – eher so etwas wie Sandalen. Mit weißer Jeans eher das genaue Gegenteil wie der schwarz-lackierte. Sie hatte ebenfalls ein weißes T-Shirt an, nur dass auf der Brust eine Art Regenbogen darauf gemalt war. Einige Farbtupfer schien die etwa fünfunddreißigjährige zu mögen. Da ich sie nun von vorne sah, stellte ich fest, dass sie hübsch war. Ich stellte mir die Frage, ob sie je etwas mit Toni hatte. Irgendwo her mussten sie sich ja kennen. Vielleicht sahen sie sich das erste Mal auf einem Fest. Einem Wohltätigkeitsball? Vielleicht hat Toni dem Krankenhaus in besseren Zeiten mal eine Spende geleistet – wer weiß? Es war ja alles möglich. Danach, so spann ich den Faden weiter, ergab Eines das Andere. Er brauchte ja Geld... er musste jemanden kennen, einen skrupellosen Menschen im Hintergrund, der das Geschäft mit den Organen ins Leben gerufen hat. Toni und die Ärztin waren nur so eine Art Unterhändler. Und der schmierige Typ nur der Lieferant. Jeder verdiente. Selbst die „armen" Patienten. Nur schade, dass es illegal war. Es war einfach ungerecht. Basta. Die Sache war per Gesetz geregelt und das war gut so. Ob das Gesetz, so wie es bestand gut war? Keine Ahnung, das hatten Andere zu entscheiden. Ich konnte auch nicht entscheiden ob ich nun gefahrlos über eine rote Ampel fahren dürfe. Es war verboten und das zählte.

Ob ich einen Menschen töten durfte,
nur, weil er mir weh tat?

Diesen Gedanken hatte ich natürlich unmittelbar nach dem letzten Gedanken. Nun, darüber brauchte ich nicht zu philosophieren. Natürlich durfte ich das genauso wenig. Ich war also auch schuldig. Ebenso Max. Ich muss mich stellen. Ja, das musste ich. Auch ich würde vor Gericht kommen. Es ging nicht anders. Es war nur so, wurde mir klar, dass nicht mein an sich klarer Verstand mich leitete, sondern eher mein Bauch – mein Gefühl. Gleich nach dieser Sache würde ich zu dem freundlichen Polizisten gehen und alles gestehen.

Die Dame, sah ich, war auch recht stark geschminkt. Von meinem letzten Platz aus, konnte ich das nicht so richtig sehen. Von hier aus – gut zwanzig Meter näher, konnte ich diese Details viel besser beobachten. Sehr rote Lippen und – wenn man mich fragt, zu viel Rouge auf den Wangen. Ebenso, für meinen Geschmack, hatte sie es mit dem Lidschatten übertrieben. Zu dunkel und zu hoch und zu weit zur Seite geschminkt. Nun, ein Anderer sah das vielleicht ganz anders...

Jedenfalls setzte sie sich zu Toni an den Tisch. Der Kellner kam und sie bestellte etwas. Und auch Toni schien sich noch einen Kaffee zu bestellen. Ich wusste ja, dass er literweise Kaffee in sich schüttete. „Die Grünen steigen aus" - murmelte Max. Ich wusste wohl, dass die Polizisten damit gemeint waren und musste lachen. Die Uniformen der deutschen Polizei war ja seit langem nicht mehr grün. Aber der Ausdruck war jedem geläufig. Jeder wusste was mit „den Grünen" gemeint war. Und ich musste schon wieder schmunzeln, wurde mir doch deutlich, dass mir zum Beispiel, Mamas Sprüche immer wieder einfielen... oder dieser Ausdruck – die Grünen. Das Gehirn speichert solche Dinge und ruft sie bei Gelegenheit ab. So einfach ist das. Sie kommen aus dem Hinterstübchen heraus, ob du willst oder nicht. Aber – vor allem die Sprüche und Weisheiten haben ja durchaus ihre Berechtigung.

Das hieße also, dass die Polizisten sich in Bewegung gesetzt hatten. Genau im richtigen Moment! Die hübsche Dame, mit den markanten Augen, übergab gerade die berühmte Geldrolle. Und sie nahm das Päckchen in Gewahrsam und wollte los, ohne auf ihr Getränk zu warten. Sie hatte es scheinbar dieses Mal besonders eilig. Sie machte auch einen nervösen Eindruck. Hatte vorher schon stets auf ihre Armbanduhr geschaut. Ich vermutete, dass in kurzer Zeit eine OP anstand, und sie schnell los musste.

Nun war es soweit. Einer der Beamten stellte Toni. Beide waren die paar Meter durch das Stückchen Wald gestürmt. Die vermeintliche Ärztin hielt der Andere Beamte in Schach. Einer – wenn mich nicht alles täuschte, war es „mein" Polizist, baute sich vor der Ärztin auf. Der Andere stellte sich vor Toni. Sie brachten den Beiden bei, dass sie verhaftet seien. Der Polizist vor der Frau ließ sich den Inhalt des Paketes zeigen. Die Frau hob den Deckel ab und der Polizist schaute hinein. Dann legte er Handschellen an. Der Kollege bei Toni tat es ihm gleich. Der Kellner kam mit seinem Tablett. Sagte etwas, doch der Polizist bei Toni schickte ihn scheinbar wieder hinein. Der Kellner schüttelte den Kopf und begab sich ins Innere des Hotels. Einer rief in sein Walkie Talkie.

„Sie rufen Verstärkung" - sagte ich zu Max. Max nickte.

Wir blieben. Es war spannend. Es dauerte nicht lange und ein kleiner, normaler Polizeibus kam um die Ecke. Toni und die Frau wurden samt Kiste verfrachtet. Sie fuhren los. Das andere Polizeiauto folgte ihnen. Dann stiegen auch wir ins Auto und fuhren im Abstand hinterher. Der „Hauptteil" war erledigt. Also – der Gerechtigkeit war genüge getan. Carlos und Toni, sozusagen abgehakt. Meinen Teil hatte ich noch zu leisten. Da hieß es (Mama sagt) eine Nacht darüber schlafen, und dann seinen Mann stehen. Zunächst war das hier und jetzt. Und das hieß – mir ging es gut. Das Herzklopfen von eben war verebbt – mehr noch, meinem Herzen – oder besser, meiner Seele ging es gut. Ein Blick von der Seite zu Max sagte mir, dass es ihm nicht schlechter ging. Er sah entspannt und zufrieden aus. Eigentlich war ich rundum zufrieden. Das zunehmend schlechte Gewissen nagte an dem positiven Gefühl.

Die Zeit wird's richten

Kapitel 13
Schuldig oder nicht schuldig?

Jetzt endlich kam der Moment, wo ich zu Mama gehen konnte. Max hatte ich, mit einem ausgedehnten Gute-Nacht-Kuss, vor seiner Haustüre abgesetzt. Danach blieb ich mit laufendem Motor vor dem Haus stehen. Ich starrte vor mich hin. Was jetzt? - ging es mir durch den Kopf. Die letzten Tage waren wahrlich atemlos. Hektisch. In meinem Kopf ein Chaos der Gefühle. Von heiß bis kalt, von Gänsehaut über „Schmetterlinge im Bauch" - bis Magenschmerzen mit der dazugehörigen Übelkeit war alles dabei. Bis hin zum Herzrasen und Adrenalin-Überschuss – was starke Unruhe und diese Schwere auf der Brust auslöste. Dass es mir zwischendurch richtig gut ging, konnte mir wohl kaum ein Arzt erklären – höchstens ein Psychologe. So jemand, könnte eventuell nachvollziehen, was in mir vorgegangen war, in den letzten achtundsiebzig Stunden. Wenn er oder sie genug Erfahrung besaß. Meine Träume, Taten und Erlebnisse würden bei anderen gar nicht vorhanden sein, beziehungsweise, - wenn einer solche Erlebnisse hatte, dann nicht in dem Zeitraum. Mein Gehirn und mein Herz mussten Überstunden machen, um das alles zu verarbeiten.

Ich fuhr los. Die Frage die sich mir unterwegs stellte, war: was würde ich meinen Eltern – vor allem Mama (Papa würde weiterhin seine Sendung im TV verfolgen) mitteilen? Sollte ich alles erzählen? Von Anfang an – oder nur die Highlights? Wenn ich ihr von der Vergewaltigung erzählen würde, würde nur das passieren, was mich bisher abgehalten hatte, nicht zu Mama zu fahren: das Geheul und Gejammer. Was ich jetzt brauchte war ein Ruhepool. Dass ich mal das Tempo raus nahm. Dafür musste ich Mama nicht anlügen – nur einen Teil der Wahrheit verschweigen. Ich nahm mir vor, nur die Geschichte von Toni zu erzählen. Wenn ich wegen Carlos ins

Gefängnis müsste, würde sie den Rest auch erfahren, aber bis dahin hätte ich neue Kraft gesammelt. Das Herzklopfen war also noch nicht vorbei – würde erst Normalwert erreichen, wenn wirklich alles vorbei wäre. Wann das war, war mir zum dem Zeitpunkt vollkommen unklar. Von drei Tagen bis drei Jahre war alles möglich. Mit gemischten Gefühlen setzte ich meine Fahrt fort.

Etwa fünf Minuten später hielt ich mein Auto in der Einfahrt meiner Eltern an. Wieder stand ich mit laufendem Motor da, unschlüssig, ob ich wieder wenden soll. Aber wo sollte ich hin? Die Beiden waren natürlich zu Hause. Mama konnte es sich leisten „nur" Hausfrau zu sein. Jedenfalls brauchte sie nicht in ihrem Beruf als Schuh-Fachverkäuferin zu arbeiten, da Papa, als Beamter genügend Geld verdient hatte, dass sie sich – wie sie selbst sagte: „... nur ums Haus zu kümmern brauchte. Und ums Kind – also das, was seit tausenden von Jahren von einer Frau verlangt wird!" - so ihre eigenen Worte. Da hatten sie und ich eine unterschiedliche Meinung, ansonsten ähnelten sich unsere Einstellung zu den Dingen. So etwas wie einen Generationskonflikt kannten wir nicht. Bis auf diese Eine altmodische Frage – was Frauen in der Gesellschaft zu tun und zu lassen hatten – war Mama sonst eigentlich ganz modern eingestellt. Papa geriet durch eine Bandscheibengeschichte in die Frühverrentung. Er hielt sich aus Allem heraus.

Ich holte tief Luft und pustete hörbar aus, dann stellte ich den Motor ab und stieg aus. Auf in den Kampf, wie Mama zu sagen pflegte.

Ich hatte immer noch einen Schlüssel zum Haus und sperrte die Haustüre auf. Genau wie erwartet, war Mama in der Küche und bereitete das Abendessen vor. Papa saß vorm Fernseher und schaute sich eine seiner Lieblingsserien an. Was zum Lachen.

„Hallöchen" - rief ich zu Mama in die Küche. Einige Schritte weiter, auf der anderen Seite des Flures, rief ich ein „Hallo Papa" ins Wohnzimmer. Er schaute nicht auf, was mich nicht verwunderte. Seit jeher war er Fernsehsüchtig. Von Morgens bis spät in die Nacht hockte er vor der Mattscheibe. Zog literweise Kaffee in sich hinein – und jede nur erdenkliche Sendung. Auch niveaulose. Hauptsache der

Kasten lief. Und ehrlich... eigentlich ging es ihm gut. Andere mit
seiner Erkrankung würden bis sechsundsechzig Jahren arbeiten
gehen müssen. Aber, ich gönnte es ihm. Die Beiden ergänzten sich.
Dort, wo er zu ruhig war, hatte Mama „Pfeffer unter'm Hintern" -
wenn er bei einer Quizsendung sein Wissen unter Beweis stellen
konnte, ging Mama in die Küche und zauberte ein leckeres Gericht
aus Resten. Wenn man, wie jetzt, froh sein konnte, dass er
wenigstens Grüßte, wenn auch ohne Blickkontakt – dann war Mama
eher die „Quasselstrippe", die den Mund nur zum kauen schloss. Oft
unterbrach sie einen, wenn man was erzählte, weil es ihr nicht
schnell genug ging, oder weil sie Zwischenfragen hatte (die man oft
nicht beantworten konnte). Sie war der Typ, der schnell und viel
redete.
   Das war auch ein Grund, warum ich nicht gleich kam.
   Was ihr Äußeres anging, da war sie auch das krasse Gegenteil von
Papa. Er hatte, seit ich denken konnte, immer die Haare gleich.
Seitenscheitel, glattrasiert, dunkle Kleidung, Schlicht und einfach.
Mama hingegen: immer bunt. Groß-blumige Muster auf zarten, oft
halb durchsichtigen, lockeren Blusen, wo man ihren schwarzen BH
darunter erkennen konnte. Und immer Röcke! Unifarben – aber die
gesamte Farbpalette war vorhanden. Unter den halb-kurzen Röcken,
die wohl noch aus den Siebzigern stammen mussten, immer
Strumpfhosen. Schwarz oder Hautfarben. Heute – Überraschung,
trug sie „nur" ein gelbes T-Shirt. Über der Brust stand: Mama =
Chef, - was eigentlich so gar nicht ihr Ding war. So ein Spruch. Aber
das war Nebensache. Unwichtig.
   Sie freute sich sichtlich mich zu sehen. Legte den Kochlöffel zur
Seite und umarmte mich mit den Worten: „Hallo, mein Liebling!"
   „Hallo Mama" - erwiderte ich - „Was gibt es Neues, bei euch?"
   „Nichts, mein Schatz! Und bei dir – alles klar?"
   „Leider nein! Die Polizei hat heute Toni verhaftet. Wie sich
herausstellte, hat er illegal mit Organen gehandelt. Wohl möglich
kommt demnächst ein Bericht im Fernsehen. Er ist ja doch bekannt.
Da wird man die Fritzchen von den Schmierblättern und den TV-
Reportern nicht los. Mir fielen Szenen ein, wo wir in Mallorca im

Restaurant von einem Paparazzi fotografiert worden waren. Am nächsten Tag konnte man dann das Foto auf Seite zwei in der Zeitung betrachten.

Überschrift: **Toni Marell´s neue Flamme – wer ist die unbekannte Schöne?**

„Ach du großer Gott!" - schrie Mama beinahe. „Ob du es mir glaubst oder nicht – ich wusste natürlich nicht was... aber ich wusste, der Kerl hat Dreck am Stecken... glaube mir, Schatz... Markus" - rief sie zu Papa ins Wohnzimmer, dass mir die Ohren klingelten.

Sie machte ein paar Schritte in seine Richtung, ohne jedoch sein Zimmer zu betreten. „Markus, stell dir vor..." - sie beendete den Satz nicht, stattdessen kam sie wieder zu mir, umarmte mich und küsste mich auf die Wange.

Lisa, du weißt schon, warum du nicht hierher wolltest.

Nach diesem Gedanken schoss mein Puls wieder in die Höhe. Von Papa keine Spur aber Mama auch 180! Typisch!

„Ja, mein Engel, wie geht es dir denn... wie geht es denn nun für dich weiter? Wo wohnst du denn? Du bleibst natürlich bei uns, heute Nacht! Morgen schauen wir weiter! Okay, Liebes?" Und ohne eine Antwort abzuwarten, entschied sie: „Ja, so machen wir das. Erst isst du mal mit uns zu Abend. Du weißt, mit vollem Magen geht es einem gleich viel besser! Du hast doch Hunger? Sicher hast du Hunger. Das sehe ich dir doch an! Bist ganz dünn geworden. Am Besten, du bleibst erst ein mal eine Zeitlang bei uns. Deine Mama päppelt dich wieder auf. Ja, das mache ich. Keine Widerworte!"

Holte die Frau auch mal Luft?

„Nein, Mama... ja, okay – ich esse mit euch und kann auch gerne heute Nacht hier schlafen. Aber ich bleibe nicht hier. Ich habe mein Zu Hause".

Das war gelogen. Aber lieber würde ich weiterhin in Tonis Haus übernachten, als mir das pausenlose Geschnatter von Mama anzuhören. Das ging mir nach diesen paar Minuten bereits auf den Geist.

„Wie du meinst, mein Schatz – ich habe es nur gut gemeint. Du weißt doch wie Mamas sind... wann machst du mich...". Sie brach den Satz ab: Wann machst du mich zur Oma – ab. Es war klar, dass Toni in nächster Zeit „verhindert" sein würde.

Gott sei Dank bist du nicht schwanger...

… sagte ich in Gedanken zu mir selbst. Das wäre die Krönung von Alledem gewesen. Das war das Einzige, was vollkommen klar war.

„Ja, was passiert denn nun mit Toni?" - wollte sie wissen.

„Nun, so genau weiß ich das auch nicht. Es wird wohl eine Gerichtsverhandlung geben. Was dabei herauskommt... keine Ahnung. Wir werden sehen".

„Ach, mein Liebes. Du tust mir so leid!"

Ich zuckte nur die Schultern.

„Du hast aber auch ein Pech mit deinen Männern!" - meinte sie.

„Das sehe ich anders Mama! Paul war gut zu mir und ich habe ihn zutiefst..."

Mal wieder ließ sie mich nicht ausreden: „Ja, ich weiß, was du sagen willst, Kleines... aber er ist nun mal tot. Und dieser Toni... ich konnte ihn nie leiden!"

„Ja, ich weiß, Mama. Aber auch ihm tust du Unrecht... jedenfalls ein wenig. Das Einzige, was ich ihm ernsthaft vorwerfen muss ist, dass er nicht auf sein Luxusleben verzichten konnte. Das wollte er unbedingt aufrechterhalten. Und irgendwoher musste das Geld ja kommen. Wer die Hintermänner sind, wen er kannte – das weiß ich alles nicht. Will es auch nicht wissen. Da halte ich mich schön raus".

„Da hast du Recht, Mäuschen. Bleibe von alldem fern!"

Wenn du wüsstest... Mäuschen...

„Nun, rufe bitte deinen Vater, ich decke den Tisch. Wir essen dann",

„Ja, mache ich".

Und ich tat es. Papa schien Hunger zu haben. Er stand auf, nahm die Fernbedienung und schaltete sogar den Fernseher aus!

Wir setzten uns an den Esszimmertisch und aßen – beinahe ohne weitere Worte. Ob sie Papa nicht belasten wollte? Ich für meinen Teil hatte das meiste gesagt. Würde nur noch reden um belangloses zu plappern. Oder wenn Mama mich was fragen würde. Papa verzog sich wieder – direkt nach dem Essen! Das hatte ich erwartet. Ihm war, seit er in Pension war, das meiste egal geworden. Nur, wenn das

TV-Gerät kaputt gegangen wäre. Er hätte nicht schlafen können, bis eine Neues auf dem Platz gestanden hätte. Auch damit hatte ich nichts mehr zu tun. Nur noch sporadisch besuchte ich meine Eltern. Weil man das so tut. Natürlich hatte ich sie beide sehr lieb. Doch in Wahrheit nervten mich beide – ich weiß nicht, wer von Beiden mehr. Papa war früher ganz anders. Wir hatten Ausflüge unternommen. Radtouren im Sommer. Schwimmbad, spazieren gehen. Es war nie langweilig. Und Mama – war sie früher etwas stiller, oder war es mir nie so aufgefallen wie in letzter Zeit. Dieses endlose Geschnatter. Ich konnte es an manchen Tagen kaum ertragen. Auch vor wenigen Augenblicken war mir in den Sinn gekommen, wieder zu fahren. Doch das feine Essen und mal eine Nacht in meinem alten Bett, hielten mich davon ab. Mir fiel die schlaflose Nacht ein, als Paul gestorben war, und ich beobachtete, wie der Himmel seine Farbe verändert hatte. Von einem tiefen, sternenklaren Schwarz, über dieses wunderbare Orange, das sich in ein gelbbraun und dann in dieses helle Blau verwandelt hatte. Ja, auch in tiefster Trauer – dem schlimmsten Schmerz – wie dem mit Carlos, bringen einem die Schönheiten der Erde wieder auf den Boden zurück. Oder ein von Liebe überquellender Blick – ein zarter Kuss von Max. Dann ist die Kälte verflogen und wohlige Wärme breitet sich aus.

So ist das Leben, Mama.
Alles liegt dicht beieinander. Sehr oft jedenfalls. Tod oder Liebe. Ich sagte Liebe – letzter Versuch. Wenn die Stunde schlägt... wenn es soweit ist... ja, dann.

Kapitel 14
Mein Urteil

Ich hatte tief und fest in meinem guten, alten Bett geschlafen. Und morgens? Ja, es war mal wieder schön, mit meinen Eltern zu frühstücken. Mama hatte frische Brötchen besorgt. Darauf hatte ich dick Butter geschmiert und mit Erdbeermarmelade bestrichen. Ich hatte ganz vergessen, wie lecker das ist. Mir fiel ein, dass ich so ein Brötchen das letzte Mal hier gegessen hatte. War fast ein Jahr her... seltsam, dass solche Details einem klar machen, wie schnell die Zeit verfliegt.

Mama sagte ich dann, es war kurz vor zwölf Uhr mittags, dass ich nach Hause fahren würde. Mein Weg war jedoch ein ganz anderer. Ich setzte mich in meinen kleinen Flitzer, versuchte mich zu konzentrieren. Machte Atemübungen. Hoffentlich war der nette Polizist wieder da, war mein Gedanke.

Etwa eine viertel Stunde später stand ich am Straßenrand auf der Parkbucht vorm Polizeirevier. Wieder nahm ich tief Luft und pustete langsam aus. Das tat mir gut, dennoch begann mein geplagtes Herz wieder bis in die Halsschlagader zu pulsieren. Im Bauch machte sich ein ungutes Gefühl breit, etwa so, wie die Schmetterlinge bei Max´ Anblick – nur dass scheinbar zu viele Schmetterlinge vorhanden waren, und alle schienen gleichzeitig herauszuwollen.

Los geht's! Ich stieg aus und sperrte das Auto ab, und stieg die drei grauen Granitstufen hinauf. Blieb vor der Tür noch eine Sekunde stehen. Dann trat ich ein.

Zum Glück war doch tatsächlich der Polizist da, der mich bereits kannte. Er lächelte mich an.

„Hallo, was kann ich für sie tun?"

„Ich... eh, ich muss" - stotterte ich - „ich muss etwas gestehen!"

Der Polizist las in meinem Gesicht. Er las die Besorgnis in meinen

Trauerfalten.

Er tat, was ich nicht gedacht hatte. Er öffnete die Klappe seiner Theke nach oben. Er kam auf mich zu und stand nun direkt vor mir. Nun hatte ich bei einem fremden Mann das, was ich bei meinem Vater nicht gefunden hatte. Eine breite Brust, an der ich weinen konnte. Ich konnte es nicht halten. Die Tränen der Vergangenheit schossen unkontrolliert hervor. Plötzlich fühlte ich mich klein, verletzlich und schwach. Ich schob den Kopf vor und legte ihn auf seiner Brust ab und weinte bitterlich.

„Jetzt beruhigen sie sich mal, und erzählen mir mal in aller Ruhe, was sie so bedrückt".

Es war sonst niemand hier. Vielleicht nahm er mich deshalb in den Arm. Es tat gut. Schlimm war eigentlich nur, dass ich gerade von meinen Eltern kam und die das nicht taten. Gut, ich hatte auch nicht geweint.

Ich löste mich von ihm und versuchte ihm in die Augen zu schauen, und hielt mich dabei an seinen Oberarmen fest. Mir war leicht schwindelig. Ich versuchte mich zusammenzureißen, was mir aber nicht wirklich gelang.

„Ich mache ihre Uniform ganz schmutzig" - schluchzte ich und putzte mir erst einmal die Nase. Er hatte immer noch die rechte Hand auf meiner Schulter liegen.

Er war mehr Vater als Vater

„Na, geht es langsam? Dann erzählen sie mal!"

Nur halb beruhigt und weiterhin unter Tränen erzählte ich ihm alles.

„Toni und ich waren so glücklich" - begann ich. „Bis er mir gestand, dass er so schnell keine Rolle bekommen würde. Weder im Theater, noch im TV. Aber – er hatte Geld!"

Das ist die Geschichte mit den Organen" - unterbrach er mich.

„Ja, genau. Aber die geht weiter!"

Ich schniefte und putzte mir erneut die Nase.

Ein weiterer Weinkrampf setzte ein, als ich sagte: „Dann kam Carlos".

„Wer ist Carlos?"

„Tonis Manager!"

„Und was hat der damit zu tun?"

„Toni kam und erzählte mir, dass er Carlos eingeladen hat, um zu besprechen, wie es mit ihm als Schauspieler weitergeht. Carlos... hat mich dann in unserem Schlafzimmer vergewaltigt!"

Ich musste wieder weinen und konnte mich kaum beruhigen. Dann schoss es aus mir raus: „Einen Tag später hab ich mir dann von einem Freund sein Auto geliehen, Damit hab ich Carlos mitsamt seinem Auto auf die Gleise geschoben. Ein Zug kam... den Rest kennen sie sicher!"

Erneut putzte ich mir die Nase. Ich zog tief Luft ein. Das half immer. Langsam pustete ich mit gespitzten Lippen aus.

Was dann kam, konnte ich kaum glauben!

„Wie ging es ihnen danach?" - fragte er mich. „Konnten sie schlafen... haben sie schlimme Träume? Mich interessiert das als Mensch!"

Ich hatte mich einigermaßen gefasst: „Ja, das geht. Keine Albträume deshalb.." - ich lächelte, und fügte hinzu: „Da ist ein junger Mann, der mit dem Auto, das ich geliehen habe. Er wartet auf mich... bis ich aus dem Gefängnis komme!"

„Was für Gefängnis? Also, die Untersuchungen, was den Fall mit diesem Carlos angeht.." - er machte eine Pause. Schien sich im Kopf zurechtzulegen, was er als nächstes sagen sollte. „Die Untersuchungen sind abgeschlossen. Und die Ermittler kamen zu dem Schluss, dass es sich um einen Unfall handelte. Er war viel zu schnell unterwegs! Das erkannte man an den Spuren der Barke, die gebrochen war. Bei der Obduktion hat man außerdem Spuren von Alkohol gefunden!"

Er schaute mir tief in die Augen, als er weitersprach: „Also... ich denke, dass sie nur schlecht geschlafen hatten. Machen sie sich keine Sorgen. Ich bin froh, dass sie nun gut schlafen können. Grüßen sie ihren Freund von mir... Tschüss!"

Er sagte das alles, ohne auch nur mit der Wimper zu zucken! War der Mann cool!

„Sie meinen?" - ich stand da, den Mund offen. Ich versuchte seinem Blick standzuhalten.

Kein weiterer Kommentar von ihm
Sekundenlang schaute ich ihn fragend an. Er sagte erst nichts mehr.
„Also, ich frage nochmals... sie können gut schlafen? Wollten sie
sonst noch was fragen? Sie können ihren Mann gerne besuchen. Ich
erkläre ihnen, wie sie zu ihm kommen können, wenn sie wollen."
„Eh, ja... geht das jetzt noch?"
„Sicher, die Besuchszeiten dort gehen bis siebzehn Uhr! Ich
schreibe ihnen die Adresse auf".
Mit diesen Worten hob er wieder seinen Deckel der Theke hoch und
begab sich wieder dahin, wo ich „sicher" vor ihm war. Er nahm einen
gelben Zettel seines Notizblocks und schrieb was darauf. Diesen
Zettel drückte er mir dann Augenzwinkernd in die Hand.
„Ich danke ihnen sehr" - sagte ich und meinte es nur allzu ernst.
„Für alles... danke, danke, danke... ich wäre froh, es gäbe mehr so
Menschen, wie sie einer sind. Mit Herz und Verstand".
„Ja, ja... gehen sie... ich frage nicht noch einmal, ob sie gut
schlafen!" - er grinste breit und zeigte dabei seine hellen, schönen
Zähne.
„Ganz ehrlich... ich kann sie gut leiden. Dennoch bin ich froh, wenn
ich nicht mehr hierhin muss!"
„Ist doch okay. Wir sind alle Menschen. Ich wünsche ihnen alles
Gute für ihre Zukunft... aber schauen sie, dass sie nicht mehr hierher
müssen!"
„Mache ich. Ich sage also nicht Auf Wiedersehen, sondern Tschau."
„Tschau".
Ich verließ das Polizeirevier gefühlt achtzig Kilo leichter. Und mein
nächster Entschluss stand fest. Um den Tag zu vollenden, wollte ich
Toni in die Augen schauen. Danach würde es mir richtig gutgehen –
ich würde danach zu Max fahren. Ihm würde ich mit Freude alles
erzählen. Auch er würde sich freuen. Aber zunächst ging es zu Toni.

Da ich nicht wusste, wo sich das Untersuchungsgefängnis befand,
gab ich die Daten in mein externes Navi ein. Nach wenigen
Sekunden, gab mir das Gerät die Richtung an. Ich würde wenden
müssen. Das betraf mein neues Leben – eine Wende.

Kapitel 15
Tonis Urteil

Wieder der Blick auf die roten Ziffern meiner Digitaluhr im Auto. 14:37 Uhr zeigte die Uhr. Die Zeit macht Sprünge, gefühlt jedenfalls. Ich fuhr los. Das Navi zeigte eine Fahrzeit von zweiundzwanzig Minuten an. Das stimmte auf die Sekunde. Das Gebäude war mit roten, gebrannten Backsteinen errichtet. Hatte also die typische rotbraune Farbe der Klinker. Das Haus schien U-Förmig zu sein, wobei sich nach vorne eine Art Innenhof ergab. Außerdem waren mehrere Erker zu sehen. Runde und eckige. Das Dach war spitz und mit Schieferplatten verkleidet. So baute man wohl um die Jahrhundertwende. Wäre es ein kleines Einfamilienhaus gewesen, und kein so ein Riesen Klotz mit unzähligen hohen und vergitterten Fenstern,wäre der Stil gar nicht so schlecht gewesen. Sehr große und alte Kastanien umgaben das mit einem hohen Maschendrahtzaun umgebende Areal. Ich fragte an dem Infostand, der sich direkt hinter der Eingangstür auf der linken Seite befand, nach Toni. Die nette Dame wies mir den Weg. Aber zuerst musste ich ins Nebenzimmer eintreten. Dort wurden meine Personalien kopiert und ich wurde nach Waffen durchsucht. Sie schrieben sich sogar meine Handynummer auf. Eine Handtasche, nach der ich gefragt wurde, hatte ich nicht mit. Ich fragte mich, warum Jedermann immer stets davon ausgeht, dass Frauen eine Handtasche besitzen müssten. Natürlich hatte ich Handtaschen, aber ich mochte das eigentlich nicht. Alles was ich brauchte passte in die Hosentaschen meiner Jeans. Schlüssel und Geldbörse. Mehr brauchte ich nicht. Nur selten hatte ich eine Handtasche dabei. Beispielsweise in der Disco. Dorthin trug ich auch mal ein Kleid oder einen Rock – aber eher selten.

Ich durfte los – den Gang lang und dann rechts eine Etage höher. Dort wäre ein Herr Malisch, bei dem sollte ich mich melden. Gesagt, getan. Dieser Herr, der auch recht freundlich wirkte, führte mich dann in ein sehr kahl eingerichtetes Zimmer. Grauer Linoleumboden, bereits sehr ausgebleicht und mit hellen Laufrändern versehen... die Wände weiß gestrichen. Zwei Fenster ließen viel Licht in den Raum. Ein alter Holztisch und zwei Stühle in der Mitte. Das war das gesamte Mobiliar. Ich sollte Platz nehmen und warten. Nach höchstens drei Minuten wurde Toni ins Zimmer geführt. Er hatte Handschellen an und einen orangenen Overall. Aus dem V-Ausschnitt des Overalls schaute ein weißes Unterhemd hervor. Toni hasste Unterhemden! Doch scheinbar hatte er sich nicht gegen die Kleiderordnung wehren können.

Diesen Stich musste ich ihm als erstes verpassen, indem ich sagte: „Gewagtes Outfit, Kollege!" - ich konnte mir ein leichtes Grinsen nicht verkneifen.

Herr Malisch fragte, ob er uns alleine lassen kann, da er dringend zur Toilette müsse.

„Eigentlich" - betonte er - „ist das gegen die Vorschrift. Aber, wenn ihr nix sagt, bleibt das unter uns. Okay?"

„Jetzt sage nicht, dass ich das hier dir zu verdanken habe!" - schrie er mich an, als Malisch weg war.

Ich beugte mich vor um ihm tief in die Augen schauen zu können: „Und ob, mein Schatz... das hast du mir zu verdanken!" - dies sagte ich mit dem Bewusstsein, dass meine Worte nur so vor Ironie trieften.

Er lehnte sich zurück und blieb eigentlich unglaublich ruhig.

„Mein Anwalt sagt, dass nach dem Transplantationsgesetz, Abschnitt 7 § 18 Absatz 1 mit einer Freiheitsstrafe von bis zu 5 Jahren gerechnet werden muss".

Nun beugte er sich ebenso nach vorne zu mir, sodass wir so nahe saßen, dass unsere Nasen sich beinahe berührten: „Fünf Jahre... mein Schatz" - sagte er, ebenso sarkastisch, wie ich eben. „Bis zu fünf Jahre, je nach Schwere der Tat. Meinst du, ich hätte das verdient?"

Ich hörte seine Worte, mit denen er scheinbar meinte mich beeindrucken zu können.

Ich antwortete, ohne mit einer Wimper zu zucken: „Meinst du, ich hätte es verdient, vergewaltigt zu werden... während du im Zimmer nebenan sitzt, und dir einen Porno reinziehst und dir einen herunterholst!?"

Er lehnte sich wieder zurück: „Du weißt es? Ich dachte, du wärst ausgeknockt gewesen" - meinte er kleinlaut.

„Und ich dachte immer, dass du ein feiner Kerl wärst... ich habe dich bis dahin immer bewundert. Echt! Aber jetzt... ich hasse dich". Und dann log ich, indem ich sagte: „Ich bin noch am überlegen, ob ich das mit der Vergewaltigung auch noch anzeigen soll. Bei der Schwere der Tat werden dann sicher zehn Jahre aus deiner Strafe... ja, ich denk das mache ich" - sagte ich, und kam mir kein bisschen schlecht dadurch vor, dass ich ihn so unter Druck setzte.

Nun ließ er die Schultern noch mehr hängen. Ein sicheres Zeichen, dass ich ihn zutiefst getroffen hatte. Er war zerstört. Keine Freiheit, keinen Alkohol, keinen Sex – jedenfalls nicht mit Frauen... keinen Luxus – und das die nächsten fünf bis zehn Jahre! Das war zu viel. Er schloss die Augen und öffnete sie einige Sekunden nicht mehr. Er war so ruhig, dass man hätte meinen können, er hätte aufgehört zu atmen.

Dann bewegte er sich wieder: „Scheiße" - murmelte er leise vor sich hin.

„Ja, genau – du... ihr habt große Scheiße gebaut. Ich weiß nicht, wer das größere Arschloch war. Du oder dieser Carlos! Dass du dich von dem hast blenden lassen! Weißt du, - so einiges hätte ich dir vergeben können. Auch das mit den Organen. Ich hätte versucht dich davon abzubringen. Du hättest dir einen anderen Job besorgen können. Wir hätten irgendwas auf die Beine gestellt. Ich hätte zu dir gehalten, weil ich dich echt mal geliebt hatte. Es wäre gelaufen. Irgendwie, irgendwann. Keine Sorge... alles hätte gut werden können. Aber so?"

Plötzlich weiteten sich seine Augen: „Du hast ihn umgebracht!" - wurde ihm klar.

Ich nickte zwar bejahend, sagte aber: „Der Fall ist abgeschlossen. Die Polizei hat herausgefunden, dass es – ganz sicher... (ich machte eine kleine Pause)... ein Unfall war. Das Wort Unfall betonte ich extra deutlich. Er war besoffen und zu schnell unterwegs. Die Barke hat seinen Kopf abrasiert! Dem Schwein!"

Ungläubig schaute er mich an: „Das heißt, du kommst davon?"

Ich gab ihm keine Antwort. Reagierte auch nicht. Das war Antwort genug. Wenn er nicht bereits am Boden gewesen wäre – jetzt wäre er es ganz sicher. Obendrauf kam, was ihn noch mehr herunterzog, dass eine Frau ihn geradezu fertig gemacht hatte. Sein Ego vertrug das nur sehr schlecht – also nicht Seine Frau hatte ihn verraten, sondern Eine Frau. Dieser Hieb saß, das war die negative Krone, die ihn quasi im Boden versinken ließ. Tiefer ging es nicht mehr.

„Das Einzige, was mir echt leid tut, Toni, ist, dass ich mich so Wohl gefühlt hatte bei dir. Das mit uns hatte so toll begonnen, und hätte wegen mir ewig so weitergehen können. Du hast es gewaltig vermasselt, mein Freund. Und die Strafe, die dich erwartet, wie hoch sie auch ausfallen mag, reicht nicht an das heran, was du mir angetan hast. Denk mal darüber nach."

Er blieb stumm.

„Die Besuchszeit ist vorbei" - meinte Herr Malisch, als er wieder zurück war. Damit hatte er mich erlöst. Ich war bereits drum und dran gewesen, einfach aufzustehen und zu gehen. Das tat ich jetzt. Ohne mich zu verabschieden, verließ ich den Raum und das Haus. Ich stieg in mein Auto und ließ es an. Mein Ziel war klar. Es ging zu Max.

Kapitel 16
Zukunft?

Als ich bei Max vor der Tür ankam, rief ich ihn erst auf dem Handy
an. Ich wollte nicht, dass seine Eltern „überfallen" wurden. Ich fasste
einen Entschluss und teilte ihn ihm mit, sowie er sich gemeldet hatte.
Was, wie ich es von Max her kannte, bereits nach dem zweiten
Klingeln passierte.

„Hi, Lisa" - meldete er sich vergnügt. Mir zauberte er sofort wieder
ein Lächeln auf die Lippen.

„Ich" - schlug ich ihm vor - „würde dich liebend gern heute Abend
zum Abendessen einladen. Du hast die freie Auswahl... wir können
zum Italiener, zum Griechen, Kroatisch/Deutsche Küche oder zum
Türken! Was dein Herz begehrt. Wohin darf ich dich entführen?"

„Also, wenn ich es mir wirklich aussuchen darf, ich freue mich
natürlich... dann würde ich gerne eine gute Pizza essen. Das hatte ich
lange nicht".

„Okay, da bin ich doch dabei, ich freue mich auch. Ich stehe vor der
Tür, wenn du willst, können wir sofort los".

„Na, ich muss mich erst rasieren und umziehen. Vielleicht kommst
du erst einmal hoch. Ich komme runter und öffne dir die Tür".

„Ist gut".

Es dauerte keine Minute, bis die Eingangstür offen stand. Ich war
gerade eben an der Tür angekommen. Max begrüßte mich mit einem
breiten Grinsen.

Wir küssten uns.

Treppe hoch, ab in sein Zimmer. Ich wartete wieder auf seinem
Bett. Max machte sich derweil im benachbarten Bad zurecht. Haare
kämen, Deo – das Übliche. Er brauchte nur wenige Minuten, dann

war er wieder bei mir.

Als er so vor mir stand, in einem wunderschönen Hemd und frischer Jeans. Die Haare flott gekämmt, da hielt es mich nicht mehr. Ein Duft seines Deos, oder Rasierwasser, betörte mich. Ich stand auf und nahm ihn in den Arm. Ich küsste Max leidenschaftlich. Natürlich erwiderte er den Kuss. Ich fühlte, dass das bei ihm nicht ohne Wirkung blieb. Eines nach dem Anderen, dachte ich und löste mich langsam von ihm.

„Machen wir uns auf den Weg, sonst wird die Pizza kalt" - lachte ich.

Max war einverstanden. Wir gingen und stiegen wieder ins Auto ein. Ich habe dir so einiges zu erzählen. Aber lass uns warten, bis wir am Essen sind.

Max nickte nur.

Wir kamen an der Pizzeria an. Zart nahm Max, nach dem Aussteigen meine Hand und so betraten wir das Lokal. Max ging vor und hielt mir – ganz Gentleman, die Tür auf. Wir hatten Glück. Unterwegs war mir eingefallen, dass das Lokal oft voll besetzt war. Es war besser einen Tisch zu reservieren. Nun war es aber so, dass drei Tische frei waren. Wir wählten einen Fensterplatz. Wenn man dort hinausschaute, hatte man einen wunderbaren Blick auf die Felder im Vordergrund. Im Hintergrund war ein malerischer Wald. Das schönste jedoch war das parkähnliche Gelände, das zur Pizzeria gehörte. In riesigen Tonkübeln blühen und gedeihen bunte Blumen. Oleander und Hibiskus. Ein Meer voller Blüten. Am Boden urige Granatpflastersteine, wobei zwischen den Fugen Moos wuchs. Man fühlte sich sofort wie im Urlaub.

Der freundliche Kellner nahm erst einmal die Bestellung der Getränke auf. Als er kurz darauf ein Bier für Max und für mich einen lieblichen Rotwein abstellte, nahm er die Bestellung für das Essen auf. Wir bestellten die gleiche Pizza.

„Also"- begann ich - „ich habe dir einiges zu erzählen. Ich" - erzählte ich langsam und zögernd weiter - „ich habe es nicht ausgehalten. Es war so, dass ich zwar in der Tat" - ich schaute mich um, bevor ich etwas leiser weiter sprach - „dass ich wirklich gut umgehen kann, mit dem, was ich... wir mit Carlos, angestellt haben. Die Sau hat es verdient; dennoch nagte an mir das schlechte Gewissen. Selbst Toni bekommt seine Strafe... und, nun ja, das hat er auch mir zu verdanken. Nun, um es kurz zu machen, ich hatte beschlossen zur Polizei zu gehen".

Max horchte nun noch mehr zu. Er machte dies deutlich, indem er noch weiter vorwärts rutschte, mit seinem Stuhl. Ich konnte mir vorstellen, dass er nur allzu gespannt darauf war, ob gleich sein Name fallen würde.

„Keine Angst" - sagte ich daher - „dein Name ist natürlich nicht gefallen. Mir würde im Traum nicht einfallen, dich da mit reinzuziehen. Du hast mir echt über alle Maßen geholfen. In jede nur erdenkliche Richtung. Das werde ich dir nie vergessen... und ich werde dir auch bis an mein Lebensende für alles, was du getan hast, dankbar sein. Nein, ich sagte zu dem Polizisten... ich weinte mich bei ihm aus, habe ihm alles erzählt! Von Carlos... und so... ich hätte dein Auto geliehen – aber, um es kurz zu machen; und nun halte dich fest! Der Typ hat mich laufen lassen! Hat nur gefragt, ob ich nachts gut schlafen kann. Als ich das bejahte, durfte ich gehen!"

Max schüttelte ungläubig den Kopf: „Das gibt's doch nicht" - meinte er.

Ich konnte es ja selbst kaum glauben...

Er zog die Augenbrauen hoch und sagte dann: „Wir dürfen nie mehr darüber reden! Sonst sind wir beide und auch der Polizist dran. Das war mutig von dem Mann!" - fügte er hinzu.

„Ja, klar... kein Wort... nein, der Polizist... um Gottes Willen – der gäbe nie mehr froh! Meine Lippen sind versiegelt".

Max nickte. Wir blieben einen Moment stumm, da der Ober mit den Pizzen kam. Ich hatte zusätzlich noch einen Salat. Max wollte keinen Salat, aber er bestellte sich noch ein Bier.

Als der Kellner weg war, sagte Max vergnügt: „Na, wie ich es sehe, haben wir Zwei mehr Glück als Verstand gehabt... oder sehe ich das falsch?"

Ich nickte und gab zu: „Ja, so kann man es wohl nennen. Uns hat

Fortuna alle Asse in die Hand gespielt. Wenn jetzt etwas Gras über alles gewachsen ist, haben wir, wie es so schön heißt; freie Bahn".

„Für eine gemeinsame Zukunft!?"

So, wie er den Satz sagte, wusste ich nicht, ob er eine Feststellung oder eine Frage gestellt hatte. Daher sagte ich: „Ja..." - ich nahm seine Hand - „aber Max... bitte lass mir etwas Zeit! Es gab und gibt viel für mich zu verarbeiten. Alles ging so furchtbar schnell... unglaublich schnell. Ich muss zur Ruhe kommen. Alles im Kopf ordnen und verdauen... die ganze Scheiße!"

„Natürlich – du bekommst alle Zeit der Welt!"

Ich hatte keine andere Antwort von Max erwartet.

„Aber ja, lasse etwas die Wogen glätten... dann... ja, dann haben wir hoffentlich eine wunderbare, gemeinsame Zukunft. Doch, das wünsche ich mir" - versprach ich Max.

Ich sah seinem Gesicht an, dass das alles war, was er hören wollte. Er sah zufrieden aus. Und das machte mich zufrieden. Ja, die Zeit würde alle Wunden heilen. Dann, wenn mein Kopf frei für Neues wäre, wäre der Platz in meinem Herzen wieder frei – für Max. Aller guten Dinge sind Drei. Und ich hoffte inständig, dass nach Max keiner mehr kommen sollte. Ich glaube fest daran, dass ein Herz, nur begrenzt gebrochen werden kann. Danach ist das Herz (und der Kopf) nicht mehr bereit für eine weitere große Liebe. Mag sein, dass Sex ohne größere Gefühle – nachdem das Herz mehrere Male „verwundet" wurde, für viele möglich ist. Doch macht Sex ohne Herz, ohne Liebe wirklich Spaß? Ich denke nicht. Und wenn doch, sicher nur halb so viel. Etwas fehlt dann – etwas Wichtiges! Beides gehört für mich untrennbar zusammen.

Max unterbrach meinen Gedanken, indem er sein Glas hob und mir zuprostete.

„Ja, prost – auf die Zukunft. Sie kommt und sie wird schön" - dachte ich und sagte die Worte gleichzeitig vor mich hin.

„Lass es dir schmecken" - sagte er, obwohl wir beide die Pizza fast zur Hälfte gefuttert hatten.

„Ja, guten Appetit" - sagte dann auch ich und stieß mit seinem Glas an. Wir tranken. Ich nippte und Max leerte das Glas. Er suchte den

Kontakt zum Ober. Er schüttelte sein leeres Glas, der Kellner sah es und nickte. Kurz darauf brachte er Max Bier Nummer drei. Ich gönnte es ihm. Das Bier hatte eine Krone, wie aus dem Bilderbuch – sah lecker aus.

Mein Handy läutete.
„Ja, meldete ich mich kurz, obwohl mir das Display nicht verriet, wer der Anrufer war. Es war eine fremde Nummer. Eine Ortsnummer.
„Ja, Malisch hier. Ich weiß nicht ob sie sich an meinen Namen erinnern. Ich bin der Mann vom Gefängnis. Es geht um ihren Mann. Am besten, sie kommen gleich mal!"
„Darf ich fragen, worum es geht? Ich bin gerade am Essen".
„Dann sitzen sie ja!?"
„Ja, klar – machen sie es nicht so spannend. Meine Pizza wird kalt. Muss ich wirklich kommen?"
„Ja, tut mir leid, andere Angehörige konnten wir nicht ausfindig machen!"
„Es gibt keine".
„Okay, bis gleich dann" - ohne eine Antwort abzuwarten, legte er auf. Das war nicht sehr nett.
„Ich muss los. Das war einer vom Gefängnis. Es ist was mit Toni. Ich soll dahin – ohne zu wissen, um was es sich dreht. Das wollte der Kerl am Telefon nicht sagen".
„Es scheint uns noch nicht einmal eine gemeinsame Pizza gegönnt zu sein" - meinte Max – zu Recht etwas säuerlich.
„Nein" - gab ich zu. „So ist es. Was mache ich mit dir? Du hast was getrunken und hast sowieso kein Auto da" - überlegte ich laut vor mich hin.
„Wenn es dir nichts ausmacht, fahre ich mit. Ich kann ja draußen auf dem Parkplatz warten!"
„Ja, so machen wir es. Aber weißt du was? Wir essen jetzt in aller Ruhe fertig. Er hat nicht sofort gesagt. Nur: bis gleich".
Max hatte zwar Ja gesagt, aber uns war beiden der Appetit vergangen. Zwar kauten wir jeder noch einige Stücke, der eigentlich

verdammt guten Pizza. Aber – irgendwie war sie nun fade oder kalt. Wie auf Kommando legten wir beide Messer und Gabel V-Förmig auf die Teller und putzten uns mit den Servierten den Mund ab und tranken aus. Dann winkten wir den Kellner herbei, weil wir zahlen wollten – oder besser: mussten.

Als er unsere halbleeren Teller sah, fragte er entsetzt in gebrochenem Deutsch: „Oh, Signorina... hatte es de gute Leute nichte geschmeckte? Dase tute mir leid! Wo hat gefehlt?"

„Nein Toni, es war wie immer prima, echt lecker – aber wir müssen weg!"

„Ah, verstehe... bise zum nächsten Mal. Ciau tutti".

„Ja, bis zum nächsten Mal" - versicherten wir, wie aus einem Mund. Es war schon kurios, wie Max und ich tickten...

Max nahm seinen Geldbeutel hervor, doch ich schob seine Hand weg. „Du warst eingeladen. Ich zahle" - sagte ich und beglich die Rechnung. Dann verließen wir das Lokal in der Hoffnung das nächste Mal, das ganz sicher kommen würde, unsere Pizza in Ruhe und mit Genuss essen zu können.

Widerwillig fuhren wir in dieses Gefängnis. Wortlos lenkte ich mein Auto leicht wütend die jetzt dunkle Straße entlang. „Warum" - fragte ich mich in Gedanken - „warum keinen Frieden im Kopf? Im Leben? Ich will doch nur...

Leben...

wie andere auch. Zufrieden und glücklich leben. Ist das zu viel verlangt? Was Herrgott verlangst du von mir? Doch Buße? Was ich tat war: Zahn um Zahn – oder? Konnte ich so leben – ohne Strafe, für das, was ich tat? Würde ich weiterhin gut schlafen können – oder würde mich meine Vergangenheit immer wieder einholen. Ich konnte mir diese Frage im Moment nicht beantworten.

Das Gefängnis kam in Sicht. Ich verlangsamte die Fahrt. Ich bog auf den Parkplatz ein und zirkelte das Auto in die letzte Parkbucht. Es kam die Frage auf, was los sein könnte. Das letzte Mal war der Parkplatz quasi leer. Nun, es würde sich zeigen. Wie besprochen blieb Max im Auto. Er würde warten und wenn es länger dauern sollte, würde er sich die Beine vertreten, versprach er mir. Ich ließ ihm die Autoschlüssel. Ich verabschiedete mich mit einem Kuss auf seine rechte Wange.

Oben im Vorraum angekommen, kam mir der Gefängnisaufseher, dessen Name ich mir einfach nicht merken konnte, schon entgegen und öffnete mir die Zwischentür. Erst dann kam man in die eigentliche Etage, wo sich in einem Flur, der hinten um die Ecke bog, mindestens ein Dutzend hellgraue Türen waren, in denen kleine, schmale Fenster waren. Die Gefangenen hatten also nicht wirklich eine Privatsphäre. Zu jedem Zeitpunkt konnte unbemerkt ein Wärter die Gefangenen beobachten.

„Was gibt's denn so Wichtiges, dass sie mich vom Abendessen holen?" - fragte ich leicht säuerlich.

„Wie ich ihnen bereits am Telefon sagte, konnten wir keine Angehörigen oder Verwandte ausmachen. Wir... eh müssen ihnen mitteilen, dass Herr Marell sich das Leben genommen hat!"

Das war nun doch zu viel. Ich wurde zwar nicht ohnmächtig, aber die Beine wurden irgendwie weich: „Kann ich mich setzten?" - fragte ich daher. Und ich spürte wieder dass meine Halsschlagader anschwoll. Das Blut pochte bis ins Ohr – es rauschte unangenehm. Der Herr – jetzt fiel mir sein Name erst recht nicht ein, obwohl ihn sein Namensschild als „Malisch" auswies. Doch das erfasste mein Gehirn zur Zeit nicht. Er nahm mich am linken Arm und führte mich in sein verglastes, kleines Büro. Er setzte mich auf seinen fahrbaren, grauen Schreibtischstuhl. Keine Minute zu spät. Mir war schwindlig. Leichte Übelkeit kam vom Magen her hoch. Wie das Kribbeln, wenn man sich verliebt – nur so intensiv, dass es sich schon unangenehm anfühlte. Herr Malisch nahm eine kleine Flasche Wasser aus seinem Minikühlschrank. Wohl seine private. Er holte ein sauberes Wasserglas aus einem Regal. Er schenkte mir ein. Ich trank, was richtig guttat. Nach einer guten Minute begannen sich meine Sinne langsam wieder zu erholen. Mein Verstand spulte sich vom Alarm-Modus wieder in die Gegenwart. Die Muskeln entspannten sich wieder, die Nacken; und Schulterpartie hörte wieder auf wehzutun. Ich legte den Kopf in den Nacken, holte tief Luft, wie ich es so oft tat, um mich zu entspannen. Mit dem Ausatmen wurde mein Kopf langsam aber sicher wieder klar. Meine Gedanken hatten wieder ihre Position eingenommen, sodass ich wieder auf Fragen reagieren konnte.

„Geht es wieder?" - fragte Herr Malisch.

„Ja, danke, verzeihen sie bitte. Das war mir noch nie passiert" - sagte ich.

„Keine Bange, das ist voll okay. Nicht schlimm, glauben sie mir".

„Wie ist das denn passiert... ich denke die Leute, die hier... eh... übernachten, bekommen alle Schnürsenkel und Gürtel , wo man so was machen kann, abgenommen? Wie konnte das geschehen?"

Um ehrlich zu sein, und da wunderte ich mich über mich selbst, war mir nicht zum Weinen zumute. Was in mir war, war weniger Trauer – eher Wut. Wenn auch die Liebe zu Toni doch erloschen war... von heute auf Jetzt wurde sie durch Carlos zerstört – oder besser, die Liebe wurde durch zwei Dinge kaputt gemacht. Durch Carlos zum Einen – und – dass Toni die Vergewaltigung zuließ; draußen saß. Nur eine Tür zwischen uns. Vielleicht hat er noch zugehört... nein, die Wut war berechtigt. Weil er mein Leben – mein bis dahin schönes Leben, kaputt gemacht hat. Gerade, als die Trauer von Paul verarbeitet war... als das Leben wieder eine positive Wendung genommen hatte. Das Leben – mein Leben endlich wieder lebenswert geworden war. Toni war ein Lichtblick – tatsächlich ging für mich die Sonne auf, wenn ich ihn morgens (nach einer wilden Nacht) im Bett sah, wenn er noch schlief, und dann verträumt die Augen blinzelnd öffnete. Seine liebe Art – und dann so was. Nie hätte ich ihm dies zugetraut. Nie hätte ich gedacht, dass er so ein Schwein sein konnte.

„Wie" - stotterte ich: „Wie hat er es gemacht?"

„Er war raffiniert! Sicher haben wir ihm alles abgenommen. Das ist Standard – überall auf der Welt. Kein Gürtel. Aber, er hatte ja solche Cowboystiefel an. Mit vorne Silber-Spoons dran. Da hat er eine davon abgemacht und an der Wand so lange geschliffen, bis sie scharf wie ein Messer war. Damit hat er sich die Pulsadern geöffnet!"

„Oh Gott!"

„Ja, damit hatten wir partout nicht gerechnet. Tut uns leid".

„Ja... ich verstehe... niemand gibt ihnen die Schuld. Sie können nichts dafür. Er hat es gewollt und hat es durchgezogen. Wenn nicht jetzt, dann irgendwann – oder?"

„Mag sein – gut, dass sie es so sehen... und uns nicht die Schuld geben!"

„Das hätte doch keinen Sinn, hier nach Schuld zu suchen. Die Schuld liegt bei ihm alleine – oder?

„Ja, so ist es, das ist auch mit ein Grund, warum sie hier sind. Zum Anderen muss ihn jemand Identifizieren... ich weiß, das erscheint vielen als verrückt, aber so ist das Gesetz. Dann ist da noch die Frage des Nachlasses. Ein Notar oder Rechtsanwalt wird sich dann bei ihnen melden. Wenn sie dies mögen. Aber das müssen sie heute nicht entscheiden. Sie werden einen Brief nach Hause bekommen, dann können sie entscheiden, ob sie das Erbe annehmen. Sie waren nicht wirklich verheiratet... lebten aber in einer eheähnlichen Gemeinschaft... richtig?"

Ich nickte stumm.

„Na, dann überlegen sie sich das. Man wird sie in dem Schreiben über ihre Rechten und Pflichten informieren. Von, eh... meiner Seite wäre es dann alles. Wenn sie noch fragen haben?"

„Nein... danke... kann ich dann gehen? Mein Freund wartet unten".

„Ja, sicher... tut mir leid ihnen das alles mitteilen zu müssen. Aber so sind halt mal die Vorschriften. Wenn sie mir nur unterschreiben, dass sie ihn identifiziert haben – das genügt mir".

Er hielt mir einen Zettel und einen Schreiber hin. Ich unterschrieb den Zettel und war froh Toni nicht wirklich begutachten zu müssen. Malisch war nett. Ich verabschiedete mich.

„Ja, danke... Auf Wiedersehen... oder besser Tschüss".

Wortlos nickte Malisch. Ich ging und hoffte den Ort nie wieder betreten zu müssen.

Kapitel 17
Späte Strafe - 1

Als ich wieder auf dem Parkplatz war, kam Max mir schon entgegen. Er konnte wohl die Besorgnis in meinem Gesicht ablesen. Ohne weitere Worte nahm er mich in den Arm. Da konnte ich die Tränen nicht mehr halten. Man – ich hatte heute öfter geweint, als die Tage zuvor. Max drückte mich fest. Ich genoss den Moment, obwohl der Schmerz noch nicht vergangen war.

„Komm ins Auto – du fährst, ich kann nicht. Ich erzähle dir alles". Max hatte nichts geantwortet. Er ahnte natürlich, dass was schlimmes folgte. Er hatte ja den Schlüssel und drückte aus einigen Metern Entfernung den „Öffnen-Knopf" des Schlüssels. Das bekannte Blinken zeigte, dass das Auto offen war. Wir stiegen ein.

Als beide Türen zu waren, sagte Max nur ein Wort: „Erzähle!"

„Toni hat sich umgebracht! Ich konnte es nicht glauben. Meine Tränen, kann ich dir versichern, gelten nicht seinem Tod, sie flossen eher, weil er ununterbrochen mein Leben kaputt macht! Musste das sein – konnte er nicht wie ein Mann seine Strafe entgegennehmen?"

Doch in Gedanken gab ich mir selbst die Antwort. Toni wäre natürlich nun als Schauspieler gar nicht mehr angekommen. Es war also nicht nur die zu erwartete Strafe. Seine Karriere war am Boden wie Glas zersplittert. Außerdem nagte wohl auch an ihm... was er mir angetan hat... was er zuließ. Die Zeitungen hätten ihn gefressen – als Gauner abgestempelt. Das war zu viel für seine sensible Seele. Nach Außen war er ja der coole Kerl. Innen war er weich wie Moos. Das mochte ich ja...

„Und ich soll sogar erben, weil es sonst niemanden in seiner Familie gibt... nehme an, er hat so eine Art Testament geschrieben. Vielleicht wollte er damit sein Gewissen besänftigen – wer weiß?"

„Pass da auf! Nicht das du ein Haufen Schulden erbst!"
„Ja, da hast du recht. Ich werde mich beraten lassen".
„Kommt Zeit, kommt Rat".
„Ja, lass es langsam angehen!" - meinte er.
„Ich kann nicht in sein Haus... kann ich diese Nacht bei dir in
deinem kleinen Bettchen schlafen? Ich möchte nicht zu Mama... ich
liebe die Zwei – meine Eltern, wirklich sehr, aber ich habe
momentan keinen Draht zu ihnen. Mama ist mir zu laut und Papa zu
zurückhaltend. Ich kann zwar mit ihnen reden – aber, so wie
beispielsweise Du auf mich zugehst... das fehlt bei denen. Sie geben
mir weder einen Rat noch Trost. Da bist du ganz anders. Und dafür
liebe ich dich".
„Das geht natürlich. Mama wird zwar Fragen stellen... wenn du
nicht dabei bist, aber ein Problem ist das nicht".
„Super... Sex gibt es keinen" - lachte ich - „so weit bin ich noch
nicht. Ich hoffe du verstehst das!"
„Ich wäre dir auch nicht zu nahe getreten... das steuerst du!"
Ich nickte nur. Gott sei Dank konnte ich ohne Weiteres bei Max
übernachten. Die Eltern von Max freuten sich sogar. Schien ihr Junge
doch endlich eine Freundin gefunden zu haben. Ja, das war so.

*

Ein paar Tage später. Carlos Beerdigung

Keine Ahnung was mich dazu trieb dorthin zu gehen. Doch eine
innere Stimme – eine innere Unruhe zwang mich zum Friedhof.
Dieses Mal stand ich natürlich aus einem anderen Grund auf einem
ähnlichen Hügel – wie ich es bereits auf Pauls Beerdigung getan
hatte. Eigentlich hatte ich dort ja nichts zu suchen. War weder
Mitglied der Familie, noch war ich eine Freundin. Aber ich musste es
sehen – sehen, wie er mit Erde bedeckt wurde, sodass er niemals
mehr in mein Leben treten konnte. Ja, irgendwie verrückt, und doch
so, wie wir als Kinder nicht an des Nachbarn Kirschenbaum
vorbeikamen, ohne dass jeder eine Handvoll klaute.

Es musste einfach sein...
Natürlich verstand ich wieder kein Wort. Und natürlich versteckte mich wieder ein Baum. Dieses Mal eine Eiche. Die Beerdigung kam mir länger vor, als die von Paul. Vielleicht kam es mir aber auch nur so vor. Auf die Uhr hatte ich jedenfalls nicht geschaut.

Irgendwann löste sich die Trauergemeinde auf... bis auf – eine junge Frau blieb mit einer einzelnen gelben Rose in der Hand, stehen. Ich wartete ein paar Minuten, aber die Frau stand still da. Bewegte sich nicht. Ich wurde mehr als neugierig. Obwohl dies keinesfalls meiner Natur entspricht... ich mag keine Neugier – aber, ich musste wissen, wer diese junge Frau war. Schnellen Schrittes lief ich den kleinen Hügel hinab, bevor sie doch noch den Ort verlassen würde.

Ich stellte mich links neben sie. Still rannen ihr die Tränen über die Wange. Eine Träne tropfte ins Grab. Mir fiel auf, dass sie, was die Kleidung anging, einen ähnlichen Stil hatte wie ich. Ich besaß sogar die gleichen Schuhe. Sie brauchte gefühlt lange, bis sie mich wahrnahm.

Zögernd schaute sie schüchtern zu mir auf und fragte: „Wer sind sie... kannten sie meinen Vater?"

Ich erschrak innerlich unglaublich als das Wort „Vater" gefallen war. Dieser Carlos hatte also eine Tochter – in meinem Alter! Und sie sah, wenn man nicht so genau hinschaute, mir, nicht einmal unähnlich. Ich konnte es nicht fassen. Ich versuchte mich so gut es geht zusammenzureißen.

Versuchte mir nichts anmerken zu lassen und antwortete daher: „Ja, er war der Manager von meinem Mann Toni Marell".

„Der Schauspieler?"

„Ja, genau".

Sollte ich ihr alles erzählen?

Nein, in keinem Fall, überlegte ich weiter.

Das Wort Vater hatte mich tief getroffen

„Sie haben ihren Vater sehr geliebt, das sieht man. Es tut mir schrecklich leid... eh... es war ein Unfall, stimmt´s?"

„Ja, er muss wohl was getrunken haben".

„Ja... mein Beileid... Tschüss".

Sie nickte nur.

Ich verließ die Frau... Carlos Tochter... man... das machte mir echte Bauchschmerzen. Ich hatte ein sehr schlechtes Gewissen.

Als ich vor der Tür von Max ankam klingelte ich. Wie immer dauerte es nur Sekunden, bis Max mir die Tür geöffnet hatte. Ohne Umwege gingen wir auf sein Zimmer.

„Was meinst du, was ich erlebt habe?"

„Du warst auf der Beerdigung. Ich hätte mir das an deiner Stelle nicht angetan".

„Die Beerdigung war nicht das Schlimme. Was das anging, war ich froh, dort gewesen zu sein. Das Schlimme war, dass dort – du wirst es nicht glauben... Carlos Tochter war, und sich die Augen ausweinte!"

„Oh Gott – wie fühlst du dich?"

„Schlecht... echt schlecht. Ich bin, um genau zu sein, zwiegespalten. Da hat er mich vergewaltigt – eine Frau, die Augenscheinlich seine eigene Tochter hätte sein können. Was ihn in meinen Augen zu einem noch größeren Schwein macht, als ich bisher schon von ihm annahm. Doch dann ist da diese Frau – sein Kind, die von Alledem nichts weiß. Davon ausgeht, dass es ein Unfall war. Ich fühle mich so schuldig!"

Ich nahm die Hand von Max und schaute ihm tief in die Augen. „Jetzt bin ich von dem Polizisten, wenn ich es mal so sagen darf, freigesprochen worden. Ich konnte nachts schlafen. Wir – du und ich könnten alles hinter uns lassen und zusammen in eine schöne Zukunft blicken. Ich habe mich gefreut auf das was kommt. Unsere gemeinsame Zukunft – aber irgendwie komme ich nicht zur Ruhe. Das Schicksal treibt mich in die Enge und ich weiß nicht weiter. Ich hätte es so gern anders, aber man lässt uns nicht. Was können wir tun?"

„Alles wird werden – die Zeit wird es richten".

„Ja, das stimmt schon, aber mein Gewissen plagt mich doch sehr.

Ich fühle mich schuldig. Zuerst dachte ich, ich hätte alles im Griff, doch dann kam seine Tochter... sie hat ihn geliebt. Wenigstens ein Mensch hat ihn geliebt. Seine Tochter. Nun steht sie weinend an seinem Grab, und ich bin dran schuld. Wann hört dieser Krieg der Gefühle auf. Ich will doch nur glücklich sein... mit dir glücklich sein. Ist das zu viel verlangt? - Gott!"
„Gott hat damit nichts zu tun. Du – wir müssen uns davon befreien. Das wird dauern, aber es wird kommen, glaube mir!"
„Ich hoffe dass du Recht hast. Aber im Moment bin ich in einem tiefen Loch. Einem wirklich schwarzen Loch. Einem Fass ohne Boden. Und kein Licht da am Ende des Tunnels. Ich will doch nur Ruhe und wissen wie es weitergeht. Die Kraft verlässt mich. Ich kann nicht mehr. Die Zukunft... wo ist sie?"
„Die Zukunft ist nahe. Sie kommt immer... immer".
„Ja, so ist es wohl – du hast Recht. Die Schuld wird mich von Zeit zu Zeit einholen – aber, wie Mama immer sagt, die Zeit wird auch diese Wunde heilen. Dann steht unserer Zukunft nichts mehr im Wege. Was wir brauchen ist Zeit".

Ein Klingeln der Tür ließ Max aufschrecken. 20:15 Uhr – das Hauptfernsehprogramm – seine Eltern saßen hundertprozentig vorm TV und schauten sich ihren scheiß Krimi – oder was auch immer, an.
„Ich gehe und mache auf".
Ich nickte. Max rannte die Treppe herunter. Ich blieb oben auf dem Podest stehen und schaute ihm lächelnd hinterher. Ich konnte nicht fassen, dass einer so schnell eine Treppe herunter springen konnte, ohne zu stürzen. Nun war mir aber klar, wie er ein Stockwerk überbrückte und dennoch nur Sekunden brauchte, um dann unten die Haustür zu öffnen – schneller, als es seine Eltern konnten, die nur wenige Meter vom Wohnzimmer aus gehabt hätten.
Als Max die Tür geöffnet hatte, war schnell klar, dass was nicht stimmte. Eine harte Männerstimme fragte – oder stellte fest: „Sie sind Herr Max Müller?"
„Eh, ja" - gab Max zu.
„Sie sind vorläufig verhaftet!"

„WAS?" – dachte ich, und versuchte den Rekord von Max, die Treppe unverletzt hinunterzukommen, zu verbessern. Tatsächlich war ich sehr schnell unten.

„Was gibt es?"

„Wer sind sie?"

„Ich bin Lisa Schneider – die Freundin von Max!"

Vor mir standen zwei breitschultrige Kerle, die beide sehr groß waren. Menschliche Schrankwände in zivilen, dunklen Anzügen. Der eine Typ hatte eine Frisur wie der Terminator – nur blond und mit Dreitagebart. Der andere Kerl kaum schmäler. Nur dass er schulterlange, fast schwarze Haare hatte und einen Kinnbart. Statt eines Schlipses, wie der erste Sprecher, hatte dieser Kerl das Hemd offen stehen. Darunter hatte er eine dicke Stahlkette an, wie sie gerne Motorradfahrer tragen.

„Ihr Freund hat ein Verbrechen begannen" - sagte der Blonde. Wir werden ihn festnehmen und ins Untersuchungsgefängnis bringen".

„Dort warst du heute schon einmal" - schoss es mir durch den Kopf.

„Wie kommen sie darauf, dass Max das gewesen sein soll?"

„Die Ermittler hatten, kurz bevor sie die Akten geschlossen hatten, das letzte Bild der Rückfahrkamera auswerten können. Der Bordcomputer dieses Autos hat dieses letzte Bild aufgenommen. Er muss wohl, kurz vorm Zusammenprall, den Rückwärtsgang eingelegt haben. Die Computerspezialisten hatten lange daran getüftelt und konnten das Bild klar auf dem PC darstellen. Man sieht deutlich ihre amtliche Autonummer" - wandte sich der Sprecher an Max.

„Sie sind somit des Mordes an Carlos Refus überführt! Denn, dass es Mord war, beweist alleine schon, dass der Rückwärtsgang eingelegt war. Es war kein Unfall!"

„Ich war es!"

„Was?" - fragte Max.

Ich stand ja dicht bei ihm und konnte ihm unbemerkt mit dem Ellenbogen in den Rücken schubsen. Ich sah ihn flehend von der Seite her an – hoffte, dass er darauf einging. Er bemerkte meinen Blick und schaute mich traurig an. Er nickte kaum merklich.

Da keiner sich regte, sagte ich: „Ich werde ein Geständnis

unterschreiben".

„Okay" - meinte dann der Partner des Polizisten, der bis eben gesprochen hatte. „Dann kommen sie bitte mit uns".

Ein Kuss erlaubten sie noch, dann legten sie mir Handschellen an. Wir stiegen in eine schwarze Limousine aus Bayern. Ich saß auf dem Rücksitz, die beiden Kästen vorne. Es ging, wie ich bereits vermutete, ins Untersuchungsgefängnis.

Herr Malisch schien Mittagsschicht zu haben. Jedenfalls war er noch da... und er staunte nicht schlecht, als er mich sah. Erst Recht, als er feststellte, dass ich dieses Mal die Gefangene war. Er zog, als er mich sah, die Augenbrauen hoch.

„Na, man sieht sich im Leben immer zwei Mal" - war seine Begrüßung.

Ja, dachte ich – manches Mal ist das so. Kein Spruch von Mama, aber dennoch wahr. Unbequem für mich, sie hatten mich nun doch, aber - das war gut so. So, wie ich es vor kaum einer halben Stunde zu Max gesagt hatte, hätte es nicht funktioniert. Die Schuld lag schwer auf meinen schmalen Schultern. Und – wenn dann das Gericht meine gerechte Strafe nennen würde, würde ich sie – anders als Toni – in Empfang nehmen und absitzen. Es war halt einmal Mord. Ich wäre besser zu Mama gegangen. Das wäre zwar unbequem gewesen, aber sie hätte dafür gesorgt, dass ich zur Polizei gegangen wäre und Carlos wäre als Vergewaltiger; statt jetzt Ich, in den Knast gegangen. Das zeigte mir drei Dinge auf. Erstens: Mache Mal Dinge, die unbequem sind. Wenn es wichtig ist, musst du da durch... zweitens: Höre auf Mama – sie meint es immer gut. Ihre Sprüche können nerven, treffen aber immer den Nerv. Drittens: Überlege dir deine Handlungen, und reagiere nicht nur aus dem Bauch heraus. Oft mag das gut sein – in meinem Fall hätte ich besser eine Nacht darüber geschlafen, bevor ich einen Mann vor einen Schnellzug schubse. Rache mag süß sein – kommt aber nicht gut an.

„Na ja, da musst du jetzt durch".

„Wie bitte?" - fragte Malisch.

„Ach nichts, ich habe nur laut gedacht".

Sie brachten mich ins Vernehmungszimmer. Dieses Zimmer war

direkt neben der Zelle von Toni. In meinem inneren Auge sah ich vor mir, als ob ich dabei gewesen wäre, wie er sich das Metallteil von seinem Stiefel abmontierte, an der Wand schliff, bis es scharf genug war... und... Blut spritzte. An die Wand und auf den Boden. Ich sah in meiner Vorstellung genau wie es passiert sein musste. Ich bekam eine Gänsehaut.

„Ist ihnen kalt" - fragte mich nun der Blonde.

„Nein, ich habe nur Durst".

„Bringe der Frau bitte ein Glas Wasser" - sagte er zu dem Dunkelhaarigen.

„Wie heißen sie eigentlich?"

„Der nette Mensch, der ihnen gerade Wasser holt, ist Hauptkommissar Künser und mein werter Name ist Wagner".

„Ah, gut... ich kann sie ja nicht Blondie und Blackie nennen" - meinte ich und rang mir ein Lächeln ab. Er erwiderte das Lächeln... auch Polizisten scheinen Humor zu besitzen. Künser kam mit meinem Wasser. Er setzte sich zu uns an den Tisch und drückte mir vorher das Glas in die Hand. Ich leerte den Inhalt des Glases fast auf ex.

„Also" - begann Blondie - „erzählen sie mal. Sie wollten alles gestehen. Bleiben sie dabei? Ich hatte das Gefühl, dass sie ihren Freund nur schützen wollten!"

„Nein, da haben sie sich geirrt. Toni, mein Lebenspartner"...

„Verzeihung, wenn ich sie unterbreche – dieser Toni ist der, der sich heute hier umgebracht hat?"

„Ja, genau".

„Hatten sie etwas damit zu tun... es ging um Organhandel – richtig?"

„Ja und nein – es ging um Organe, aber ich hatte nichts damit zu tun!"

„Okay, entschuldigen sie – reden sie bitte weiter".

„Also, Toni war Schauspieler, das wissen sie. Was sie nicht wissen, ist, dass er keine Rolle mehr bekam. Carlos war sein Manager. Er versprach Toni das Blaue vom Himmel. Toni lud ihn zum Essen ein, damit sie über alles reden könnten".

„Ich unterbreche sie nur ungern, aber was hat das mit dem Fall zu tun?"

„Wenn sie mich weiter reden lassen, erfahren sie es" - versicherte ich Blondie, alias Künser.

„Entschuldigen sie bitte, wird nicht wieder vorkommen".

Leicht verärgert redete ich also weiter: „Es wurde viel gesoffen und gefressen. Dann, nach dem Essen, tranken wir Wein. Das war okay, ich war noch halbwegs nüchtern – jedenfalls gegenüber den beiden Anderen. Die hatten richtig getankt. Ich jedoch schlief ein. Sie mussten mir KO-Tropfen ins Getränk gemischt haben. Ich konnte die Augen nicht offenhalten, wurde regelrecht ohnmächtig. War halb weggetreten, obwohl ich höchstens vier Gläser Wein intus hatte. Die Welt wurde um mich herum bunt... um es kurz zu machen – Carlos hat mich vergewaltigt, dies – während Toni nur ein Zimmer weiter saß. Geholfen hat Carlos Toni nicht. Deshalb die Geschichte mit den Organen. Ich habe es herausgefunden und habe ihn verpfiffen".

„Warum haben sie Carlos nicht angezeigt... sie müssten jetzt nicht hier sein!"

„Soll ich darauf jetzt antworten? Ich habe mich falsch entschieden, okay? Ich habe es selbst in die Hand genommen. Mit Wut im Bauch. Rachegefühle leiteten mich... ich las mal, dass Rache eine der größten Triebfedern ist, für Mord".

„Das stimmt" - gab Blondie zu. „An erster Stelle steht Habgier! Und was ist dann passiert – wie ging es weiter?"

„Dann ging alles ganz schnell. Ich lieh mir das Auto von Max. Dann folgte ich Carlos im Auto – den Rest kennen sie".

„Und das ist alles?"

„Ja, mehr gibt's nicht zu Erzählen"

„Gut, wir schreiben das Protokoll. Sie lesen es durch und unterschreiben es. Dann übernachten sie hier in diesem Luxushotel einige Zeit, bis zur Verhandlung. Der Richter wird sich alles anhören und es wird zur Urteilsfindung kommen. Ich kann ihnen jetzt schon versichern, dass ihr Geständnis von Vorteil ist. Einsicht und Reue sehen die Richter immer gerne. Wenn sie bisher keine Straftat begangen haben, wird ihnen auch das entgegenkommen. Ich gebe ihnen den Rat, weil ich ihnen glaube und sie mir leid tun. Sie können die Vergewaltigung nicht mehr beweisen, daher wird es schwierig werden, dass ihnen ein Richter dies glaubt. Toni ist auch tot – sie haben also keinen, der bezeugen kann, was sie sagten. Das mit der Vergewaltigung. Ja, das wird schwer zu beweisen sein. Überlegen sie sich – und glauben sie mir, ich meine es echt gut mit ihnen... ob es nicht irgendwelche Spuren gibt!"

Das Bettlaken

„Mit etwas Glück gibt es Spuren im Bettlaken. Ich habe das Bett nicht gemacht. Kann sein, dass da diverse Flecken drauf sind".

„Ich verspreche ihnen, dass wir der Sache nachgehen werden".

Kapitel 18
Traum von Freiheit... aber, Strafe - 2

Man führte mich in die Zelle. Es war die Zelle direkt neben der, in der Toni gestorben war. Ich war jetzt schon gespannt, wie ich die Nacht würde schlafen können. Die Zelle war genau so, wie man sich eine Gefängniszelle vorstellt – karg. Weiße Wände, eher ein schmaler Flur als ein Zimmer. Vielleicht waren es sechs Quadratmeter. Es gab sicher deutsche Vorschriften, die alles regelten. Die gibt es immer. Hinten das vergitterte, hohe Fenster. Rechts davon eine Liege, so schmal, dass man sich kaum darauf umdrehen konnte. Die Matratze höchstens acht Zentimeter dick. Darauf eine dünne Decke. An der gegenüberliegenden Wand, Toilette und kleines Waschbecken aus Stahl – ähnlich, wie man sie auf Autobahnraststätten manchmal sehen kann. Glatt, ohne Schnörkel. Ohne Toilettendeckel. Kein Spiegel, nur ein fest montiertes, poliertes Blech, indem man sich etwas verschwommen erkennen konnte. Alles besser als nichts. Sogar ein kleines Bord war unterhalb des Blechspiegels montiert. Darauf ein Plastikbecher und eine in Zellophan verpackte Zahnbürste samt kleiner Zahncremetube. Der Boden: gestrichener Beton – grau.
Sie schlossen die Tür hinter mir
Ich war alleine
Ich schaute aus dem Fenster
Grüne Bäume – immerhin
Ich nahm den Becher und drehte den Hahn auf. Ein schwacher Strahl klaren Wassers füllte langsam den Becher. Es gab nur kaltes Wasser. Ich trank. Das Wasser schmeckte. Ich legte mich auf die Pritsche und ließ mir alles nochmal durch den Kopf gehen. Der ganze Film lief ab. Von Pauls Tod an bis heute. Es kamen zwangsläufig die Fragen auf: „Wem habe ich was getan? Warum

mochte mich das Schicksal nicht? Andere hatten mehr Glück – warum ich nicht? Alles hätte so schön sein können. Vielleicht etwas langweilig wie bei Mama und Papa. Aber war das nicht besser als das hier? Sicher, ich hatte viel erlebt. Mehr als neunzig Prozent der Menschheit – jedenfalls in der kurzen Zeit. Aber musste ich wirklich einen solchen Preis bezahlen... für die unbestreitbar schönen Tage, die ich vor Allem in Mallorca erleben durfte. Zwei tote Männer an meiner Seite... mit Carlos drei. Ich war doch keine schwarze Witwe, die ihre Liebhaber auffrisst, wenn sie nicht schnell genug entkommen können. Pechmarie – ich? - sieht so aus. Das Schicksal selbst in die Hand nehmen? - ich hätte es besser bleiben lassen. In Zukunft würde ich, wie meine Eltern, das langweilige Leben führen. Arbeiten gehen, sich in nichts einmischen, im TV den Krimi gucken und sich auf die Rente freuen. Was war auch so falsch daran? Mama hielt sich an ihre Sprüche. Es funktionierte. Sie hatte noch nicht einmal ein Knöllchen wegen falschem Parken erhalten – ebenso wenig wie Papa. Wie würde es für mich weitergehen? Wie lange würde es dauern, bis ich mit Max mein Leben führen konnte?
Du hast Scheiße gebaut
Das war der letzte Gedanke bevor ich einschlief. Entgegen meiner Gewohnheit, schlief ich auf dem Rücken ein. Die Augen waren mir einfach zugefallen. Ich war erschöpft gewesen – der Tag lang und anstrengend.
Zur meiner Verwunderung träumte ich nicht von gruseligen Dingen, wie dem Tod von irgendwelchen Männern um mich herum. Scheinbar hatte ich eine Sehnsucht nach Harmonie und Freiheit. Ich träumte von einem Ort, wie ich ihn in Mallorca gesehen hatte. Dort war ein kleiner See. Ich hatte dort mit Toni gestanden. Sonnenuntergang... romantisch... hinten ein Pinienwald, im Vordergrund ein Steg aus Holz der weit ins Wasser führte. Kein Angler, kein Boot. Nur der zimtfarbene Himmel, den ich so noch nie sah und bis heute nicht mehr gesehen hatte. Toni und ich waren den Steg Hand in Hand entlanggelaufen, bis ans Ende. Dort küssten wir uns.
Urplötzlich war der Traum zu Ende. Schade. Diese Nacht in

Mallorca ging malerisch weiter. Wie die Prinzessin im Märchen hatte ich mich damals gefühlt. Und das war ich auch. Bis wir wieder heim kamen. Kurz darauf hatte sich das Blatt gewendet. Ich hatte den schwarzen Peter zugeschoben bekommen: Carlos. Ich war ihn los geworden, den schwarzen Peter. Aber deswegen war ich nun hier und mir tat der Rücken weh. Ich stand auf und wusch mir mit dem kalten Wasser das Gesicht. Ich schaute aus dem Fenster. Die Sonne blendete mich. Sie hatte mich geweckt. Ein Blick auf meine Armbanduhr verriet mir, dass es erst sechs Uhr morgens war. Ich hatte Hunger, aber das mit dem Frühstück würde wohl noch dauern.

Mittags kam dann Max. Wir wurden in das selbe Zimmer geführt in dem ich bereits mit Toni gesessen hatte, als ich ihm erzählt hatte, dass ich für seine Verhaftung verantwortlich war.

Mit Max konnte ich nur das Notwendigste reden, da wir nur zehn Minuten Zeit hatten. Das Mittagessen würde gleich serviert werden, und bis dahin musste ich wieder in der Zelle sein. Max fragte natürlich, wie es mir ging und erzählte wie leid ihm das Alles täte.

„Das braucht es nicht. Es ist in Ordnung, Max... wenn es das auch für dich ist. Ich meine: du wartest doch auf mich, und du oder deine Eltern haben doch kein Problem damit, dass deine Freundin im Knast sitzt – oder?"

„Klar warte ich auf dich... das habe ich mein halbes Leben getan. Und – natürlich habe ich kein Problem damit. Du musst mir aber eine Telefonnummer von deinem Chef geben. Ich werde ihm sagen, dass du eine Zeitlang ausfällst. Vielleicht bekommen wir es hin, dass du vom Arzt vorläufig krank geschrieben wirst. Wenigstens bis zur Verhandlung. Danach sehen wir weiter. Ich kenne einen guten Psychologen. Der wird sich kurzfristig Zeit nehmen und hierher kommen, wenn du das willst!"

„Och man – wenn ich dich nicht hätte!" Das wäre natürlich die Lösung. Jedenfalls übergangsmäßig!

„Tolle Idee, ja, bitte mache das für mich!"

Max nickte nur lächelnd. Ich gab ihm die Telefonnummer vom Chef. Das war toll, dass Max sich so für mich einsetzte.

Dann musste er weg. Ich umarmte und küsste ihn, dann führten sie mich wieder in die Zelle. Das Essen erinnerte mich an das Essen, wie man es aus Krankenhäusern kennt. Es fehlte Würze und die Portion war gerade so groß, dass ein Erwachsener einigermaßen satt wurde. Ein kräftiger Mann, der größere Portionen gewöhnt war, hatte damit sicher seine Probleme. Ich nicht. Die Salzarme „Diät" würde mir sicher guttun.

Kaum dass ich den Teller leer hatte, wurde ich wieder aufgerufen und ins Besucherzimmer geführt.

Statt guten Tag zu sagen, meldete sich der Herr im hellbraunen Anzug mit: „Pflichtverteidiger Schulze. Sie können mich ablehnen, wenn sie wollen, aber dann sollten sie sich schleunigst selbst um einen Anwalt kümmern, der sie vertritt".

Ich musste erst kurz lachen, sagte dann aber: „Na, sie sind mir ja einer... ohne Umwege... gehen sie nicht über Los, ziehen sie keine 2000 Euro ein. Nein, das gefällt mir. Sie gehen schnell und zielstrebig vor. Ist schon in Ordnung. Ich finde das in Ordnung".

Ich schätzte den Mann, der eine Bürstenfrisur hatte. Zwar dunkle Haare, aber doch bereits graue Schläfen hatte, über fünfzig. Daraus schloss ich, dass er wohl doch eine gewisse Erfahrung hatte. Das war gut, zumal ich keinen Anwalt kannte, und mir keinen teuren leisten konnte.

„Gut" - meinte er - „unterschreiben sie das bitte, dann kann ich für sie tätig werden".

Ich unterschrieb. Dann erzählte ich ihm alles.

„So steht es auch in ihrem Geständnis. Dies liegt mir vor. Haben sie dem noch was hinzuzufügen?"

„Nein, außer dass mir das alles leid tut".

„Sagen sie das auch dem Richter. Das wird der gern hören! Okay, wenn ihnen sonst nichts dazu einfällt, wäre es das. Gut wäre es, wenn die Ermittler Flecken auf dem Lacken finden könnten. Dann könnten sie die Vergewaltigung nachweisen. Das würde mir die Sache einfacher machen. Ich würde dann auf verminderte Zurechnungsfähigkeit und auf Handlung im Affekt plädieren. Dann kämen sie mit viel Glück noch einigermaßen glimpflich aus der

Sache heraus. Haben sie einen Arzt oder Psychologen, der sie untersucht hat?"

„Mit etwas Glück kommt heute noch ein Psychologe hierher!"

„Ja... das wäre gut. Erzählen sie ihm alles. Ich werde ihn dann als Zeugen aufrufen, wenn es sein muss. Okay?"

„Super" - sagte ich, und hatte das Gefühl, bei diesem Anwalt gut aufgehoben zu sein.

„Was das Bettlacken angeht, werde ich mal bei der Polizei nach horchen".

„Super" - wiederholte ich. „Das hört sich gut an!"

Schulze stand auf und schüttelte mir die Hand. Dann verließ er das Zimmer.

Es stand jedoch ein weiterer Herr auf der Türschwelle, der ebenfalls zu mir kommen wollte, wie es schien. So war es auch.

Kaum war Schulze aus der Tür, führte Gefängnisaufseher Malisch den nächsten Herrn ins Zimmer.

Dieser Mann, der vom Äußeren genauso wirkte, wie Schulz, trat ein. Auch sein Anzug war hell. Beige. Auch er hatte eine Kurzhaarfrisur, allerdings war er etwas jünger. Er hatte noch keine grauen Schläfen. Dafür aber einen grauen Oberlippenbart.

Er hielt mir die Hand entgegen und begrüßte mich mit: „Gestatten, ich bin Notar und mein Name ist Ottmar Schenker".

Obwohl ich bereits die Hand von Schenker schüttelte, und ihn mit Hallo kurz begrüßte, rief ich noch Schulz hinterher: „Tschüss Herr Schulz!"

„Da geht es zu wie im Taubenschlag, was?" - amüsierte sich Schenker.

„Ja, hätte ich mir so auch nicht vorgestellt. Dachte immer, die im Gefängnis schauen nur die Wand an!"

„Na ja, ich will nichts schlechtes prophezeien... aber das wird wohl noch kommen... tut mir leid, ich hätte das nicht sagen sollen".

„Ist okay... was kann ich für sie tun?"

„Sie sind Frau Schneider, die Lebensgefährtin von Herrn Toni Marell?"

Ohne eine Antwort abzuwarten, redete er weiter: Sie waren nicht verheiratet, aber es besteht ein Testament von Herrn Marell, welches sie als Alleinerbin ausweist!"

„Was? - echt jetzt? Sonst keinen Erben?"

„Nein, sonst Niemand. Allerdings" - und nun kramte er, bevor er weiter redete, erst in seiner abgewetzten, cognacfarbenen Ledertasche nach den Unterlagen.

„Ja, hier ist es. Es ist so, dass Herr Marell sehr hohe Barschulden hatte, doch seine Immobilien zeigen einen hohen Wert auf. Er besaß drei Baugrundstücke, die, seit er sie erwarb bisher beträchtlich im Wert gestiegen sind. Darüber hinaus gehörten ihm neun Häuser. Zwei davon im Ausland. Eines auf Mallorca und ein etwas schöneres in Kalifornien, USA. Auch ist noch Barvermögen vorhanden.Wenn man die Schulden abzieht und alle Häuser veräußert, vorausgesetzt sie möchten das, und sie erzielen den jeweils angemessenen Preis, bliebe ihnen, nach Abzug der Steuern, ein Vermögen... so zwischen 900000 bis 1, 2 Millionen Euro!"

„Ist das ihr ernst? - also, wenn ich nicht sitzen würde..."

„Ja, das stimmt. Unserem Büro gehört auch eine Immobiliengesellschaft an. Wir arbeiten Hand in Hand. Wenn es ihr Wunsch ist, sie das Erbe annehmen... dann kann ich alles Weitere in die Wege leiten. Das Büro wird die Häuser verkaufen. Das wird eine Zeitlang dauern, aber – wenn es dann soweit ist, besitzen sie eine schöne Stange Geld".

„Wow, was soll ich da noch sagen? Wo soll ich unterschreiben?"

Der gute Mann legte mir drei Zettel hin, die Stellen zum unterschreiben waren gelb markiert. Er hielt mir lächelnd einen Kugelschreiber hin. Ich unterschrieb drei mal.

Er verabschiedete sich, packte alles in seine schöne, kleine – Handtaschenähnliche Tasche und ging. Beim verlassen des Raumes grüßte er, indem er ähnlich wie ein Soldat salutierte.

Kam da noch einer? Nein, heute wohl nicht. Malisch führte mich wieder in die Zelle. Ich hatte Hunger – ein Stück Kuchen und Kaffee... da glaubte ich selbst nicht dran. Ich würde wohl bis zum Abendessen warten müssen, und erwartete – a la Krankenhaus – zwei Scheiben Brot, vier Scheiben Wurst oder Käse. Mit Glück einen

Joghurt und Butter... frühestens in drei Stunden. Mein Magen knurrte jetzt schon.

Kurioserweise träumte ich noch einmal den Traum von gestern. Ja, Mallorca. Ich saß da auf einer Anhöhe und blickte ins Tal auf den See. Ich erinnerte mich, dass ich ein rotes Top anhatte. Ich wusste nicht, was das zu bedeuten hatte, aber es war gut. Vielleicht sollte ich noch einmal dahin. Könnte sein, dass es dort einen Hinweis gab – konnte auch sein, dass der Traum keinen Grund hatte. Und ich einfach nur an die schöne Zeit dachte. Der Steg hinaus aufs Wasser verkörperte wohl Freiheit – sie würde wieder kommen. Und dann wäre ich reich!

Doch Mittags wurde meine Euphorie gebremst. Der Anwalt kam wieder zu Besuch.

„Der Staatsanwalt hegte den Verdacht, dass sie unter Umständen mit dem Organhandel zu tun haben könnten. Ich muss ihnen mitteilen, dass in der Richtung ermittelt wird!"

„Ich... ich habe nichts damit zu tun. Das müssen sie mir glauben!"

„Ich glaube ihnen. Aber was ich glaube tut nichts zur Sache. Es werden jetzt die Hintergründe untersucht und nach allen Beteiligten geforscht. Da sie ja eine enge Beziehung zu Herrn Marell hatten, liegt der Verdacht natürlich nahe, dass sie etwas damit zu tun haben könnten – zumindest Mitwisserin waren oder sind".

„Ich verstehe" - sagte ich und unterstrich dies mit einem Kopfnicken. „Und was bedeutet das für mich?"

„Nun, in erster Linie bedeutet das, dass sie vorläufig hier im Untersuchungsgefängnis verbleiben. So wie ich es sehe, wohl bis zur Hauptverhandlung wegen dem Mord. Ich werde dem oder der Richterin zu der Sache vorschlagen, dass sie nach § 213 StGB verurteilt werden. Dies sieht ein vermindertes Strafmaß vor... wegen der Vergewaltigung eben. Damit hätten sie eine Strafe von ein bis zehn Jahren zu erwarten. Bei einer Verurteilung wegen Mordes, sollte der Richter nicht darauf eingehen, müssten sie mit fünfzehn Jahren rechnen. In beiden Fällen erwarte ich, dass ein Teil der Strafe auf Bewährung ausgesetzt wird. Sollten sie jedoch doch mit dem

Organhandel zu tun haben, käme diese Strafe noch obendrauf. Es ist also wichtig, dass sie mir die Wahrheit sagen. Was genau ist denn da los gewesen?"

Ich schilderte ihm, dass ich das Bündel Geld sah und ja wusste, dass er als Schauspieler keinen Job hatte, und dass ich ihn aus diesem Grund gefolgt war, und alles beobachtet hatte!"

„Und danach sind sie gleich zur Polizei?"

„Um ehrlich zu sein nein... ich wollte ihn zur Rede stellen und erst einmal eine Nacht darüber schlafen. Aber dann habe ich gewartet, bis er mir mitteilte, dass er sich wieder mit der Dame trifft... die Ärztin mit den Organen... das habe ich denen gesagt, und sie haben ihn noch am gleichen Tag verhaftet".

„Kennen sie die Ärztin? Warum haben sie so lange gewartet? Sie wären verpflichtet gewesen, bereits den ersten Fall zu melden... kann sein, dass man ihnen da einen Strick daraus drehen will!"

„Nun, es war mein Partner... ich wollte es ihm ausreden. Er hätte sicher was anderes tun können! Nachher war dann die Sache mit Carlos... es überschlug sich alles. Ich wusste nicht, wo mir der Kopf stand" - ich hatte bei den Worten Tränen in den Augen.

„Ist gut – sagen sie es genau so vor Gericht!"

Ich wischte mir mit dem Handrücken die Tränen weg. Dann schüttelte ich den Kopf.

Wieder in der Zelle dröhnte mein Kopf. Gedanken über Gedanken... was mich tatsächlich erwarten würde? Wieder einmal verwoben sich Glück und Traurigkeit. Das Erbe und – vor allem, die erwartet schöne Zukunft mit Max. Aber dann wieder das entgegengesetzte Gefühl wegen der Ungewissheit die mich umgab. In dieser Nacht schlief ich unruhig.

Die Wochen vergingen, ohne dass sich etwas tat. Max besuchte mich täglich. Irgendwie hatte ich mich sogar dort eingewöhnt. Natürlich war das Leben dort, von dem, was man als Urlaubsfeeling bezeichnen würde, so weit weg, wie Hamburg und New York – aber, es gab schlimmeres. Der Psychologe, den Max vor einiger Zeit mitbrachte, hatte mich für drei Monate krank geschrieben. Er würde mich immer wieder krankschreiben. Ein Jahr wäre kein Problem. Das war natürlich reines Geld wert, sicherte diese „Maßnahme" doch meinen Job. Sicherlich funktionierte dies nur, weil Max den Herrn persönlich gut kannte. Er tat mir einen riesigen Gefallen damit. Mal wieder hatte ich Max (und seinem Kumpel) viel zu verdanken.

Meine Gefühle waren... so lala... Klarheit würde erst die Verhandlung bringen. Das Warten zermürbte etwas, aber im Großen und Ganzen ging es mir nicht schlecht.

Epilog

Vor über einer Woche hatte mir mein Verteidiger angekündigt, dass die Gerichtsverhandlung in zehn Tagen wäre. Die Spannung stieg. Mein Kopf war klar. Ich hatte mich des öfteren innerlich auf das Verfahren vorbereitet. Nun waren es nur noch zwei Tage bis dahin. Auch Max hatte mit mir, wie vor einer mündlichen Prüfung, den Dialog immer wieder durchgesprochen. Also wie ich was sagen würde. Alles Andere lief gut. Die Liebe zu Max wuchs, quasi mit jedem Besuch. Er lieferte, alleine durch seine Art, jedes Mal genügend Gründe, ihn immer mehr zu lieben. Meinen Job würde ich wohl behalten – vorläufig... und das Maklerbüro hatte mir, gerade gestern noch, mitgeteilt, dass das erste Haus, das in Amerika, für 246000 Dollar, verkauft wäre. Ich hatte ihnen mitgeteilt, dass ich das kleine Haus auf Mallorca gerne behalten würde. Mit Max hatte ich darüber gesprochen. Aus dem Erlös der anderen Häuser wäre es ein leichtes, dieses Haus auf Mallorca zu restaurieren – möglicherweise wäre ein Anbau möglich. Max hatte das Haus ja noch nicht gesehen – würde es sich vorher ansehen und dann mit mir bereden, wie oder was zu tun ist, beziehungsweise möglich wäre. Wir planten, das Haus wenigstens als Sommerresidenz zu nutzen. Wir würden wohl nicht genug Geld haben, um uns zur Ruhe zu setzen, aber für die nächsten Urlaube wäre es ein Traum – jedenfalls, wenn es fertig wäre. Wenn der Garten neu angelegt wäre, wäre es ein wahres Schmuckstück. Was blieb, war das Geld, das im Moment noch nicht in ausreichender Form vorhanden war – aber vor allem... die Zeit. Die Zeit musste ich, im wahren Wortsinn, erst einmal absitzen. Aber dann! Ich freute mich auf die Zukunft wie ein Kind drei Tage vor Weihnachten. Wenn

einer der großen Sprüche noch fehlt, dann dieser: Man muss sich auf
was freuen können... nebenbei erwähnt – weder Mama noch Papa
hatten mich hier besucht! Kein Nachbar würde je erfahren, dass ich
hier einsitze. Wenn meine Eltern jemand fragen würde... man hätte
mich lange nicht gesehen... dann käme eine rührselige Story. Oder –
ich würde im Ausland leben oder hätte im Lotto gewonnen und wäre
Allem aus dem Weg gegangen. Danke Mama! Mir wurde klar, dass
ihre Sprüche bis heute Gültigkeit haben... die Sprüche sind aber alt
und nicht von ihr – alles nur nachgeplappert. Das Papa nicht kam...
er hatte sich seit der Kindheit kaum noch um mich gekümmert. Sein
Teil der Erziehung endete mit Abschluss der Schule. Aber dass
Mama nicht kam war mehr als nur enttäuschend. Statt der Sprüche
hätte mir eine Umarmung gutgetan. Dass sie mir sagt, dass es ihr leid
tut. Dass sie mir sagt, dass sie mich versteht... dass sie trotzdem an
meiner Seite steht... für mich da ist, wenn was ist. Sicher – sie hätte
mir Vorwürfe machen dürfen... warum ich nicht zu ihr gegangen
wäre. Das hätte ich aushalten können, wenn sie mir geholfen hätte.
Dass sie jetzt, in einer meiner schwersten Momente, nicht bei mir
war, zeigte, dass ich richtig gehandelt hatte. Dass ich eben nicht zu
ihr ging! Nach Außen hin glänzte sie... mit schlauen Sprüchen und
einem sauberen Wohnzimmer. Immer gebügelter Bluse – man: sie
hatte sogar, ganz unten im Schlafzimmerschrank, einen schwarzen
Anzug für Papa, und eine schwarze Kluft für sich selbst dort
deponiert... falls mal unerwartet eine Beerdigung wäre. Nein, nach
meiner Kindheit, die wirklich schön war, hörte die Fürsorge meiner
Eltern auf. Man wurde erwachsen und musste selbst entscheiden.
Das machte angeblich selbstständig. Wie auch immer. Selbstständig,
ja – aber... war das gut? Hat es geholfen? Hat es vielleicht zu
falschen Entscheidungen geführt? Keine Ahnung. Die Freude wäre
riesig gewesen – hätte ich mich getäuscht... wäre Mama gekommen...

Die Verhandlung war letztendlich keine große Überraschung. Die
Richterin – Meyer ihr Name, erkannte an – so ihre Worte, dass die
Tat zwar nicht zeitnah im Affekt ausgeführt wurde, doch die
Umstände, wie sie es nannte, führten zu einer Verwirrung, die die Tat

zwar keinesfalls rechtfertigten würden.

„Aber" - führte sie weiter aus: „ich kann nachvollziehen, was in ihnen vorging. Es stürzte einfach zu viel auf sie ein... aber – sie hätten sich professionelle Hilfe holen sollen!" - ermahnte sie mich.

„Daher" - sprach sie weiter: „verurteile ich sie wegen Totschlags in einem minder schweren Fall nach § 213 StGB und den §§ 57-58ff, zu drei Jahren Freiheitsstrafe in der JVA Saar. Wovon zwei Jahre zur Bewährung ausgesetzt werden. Wobei die Zeit im Untersuchungsgefängnis angerechnet wird. Haben sie das Urteil verstanden, haben sie noch eine Anmerkung?"

„Ja, sagte ich" - ich stand noch, da wir uns zum Urteilsspruch alle erheben mussten; und die Knie waren weich... „ich... es tut mir sehr leid" - begann ich. „Sie haben natürlich recht. Ich hätte jemand fragen sollen. Ich nehme die Strafe gerne an und verspreche ihnen, mein zukünftiges Leben so zu führen, dass ich... eh... nicht mehr auffallen werde. Ich habe jetzt eine gute Seele an meiner Seite... ich habe ihn eigentlich nicht verdient" - bei den Worten schaute ich auf die Bank hinter mir, zu Max. Er schaute schüchtern nach unten. Ich musste lächeln.

Auch die Richterin konnte sich ein Lächeln nicht verkneifen.

„Ja, machen sie das. Ich wünsche ihnen, nach dem, was sie alles erlebt haben, nur alles Gute. Tschüss".

Dieses „Tschüss" sagte sie wie eine Freundin, die mich seit der Kindheit kennt – mit einem sanften Ton. Bisher hatte sie sich laut, deutlich und, ja, hart angehört. Typisch Richter eben. Der „Oberchef", der das Sagen hat... nun verabschiedete sie sich mit einem freundlichen Lächeln.

Dann wurde ich abgeführt. Ein letzter Blick zu Max ließ mich das Folgende etwas besser verschmerzen. Er winkte mir zu. Sein Blick verriet pure Liebe. Als ob ich seine Gedanken lesen konnte, verstand ich, was der Blick alles erzählte: Jetzt noch zehn Monate. Dann hätten wir es hinter uns... beziehungsweise – das Leben vor uns.

Die Fahrt zu dem Gefängnis dauerte eine gute halbe Stunde. Ich erlebte alles wie in einem Film. Die Gedanken kreisten wieder wie ein Geier um das Fleisch. Kein einzelner Gedanke, nein, alles ging mir durch den Kopf. Max... Mama... Carlos und Toni. Die Entscheidung auf der Selbstmörderbrücke – zum Leben. Pauls Beerdigung. So ging es den ganzen Tag und die ganze Nacht weiter. Das einzig Klare war das Versprechen, dass ich der Richterin gab – ich würde in aller Ruhe weiterleben. Hoffentlich ohne weitere ungeplante Vorkommnisse.

Paul war mein letzter Gedanke. Ich schaute die ganze Zeit aus dem Fenster. Meine Erinnerung gingen an den Tag zurück, wo ich voller Trauer war, und die Welt nicht verstanden hatte – wo ich beobachtete, wie die Nacht vom Tag abgelöst wurde. Jetzt lief der Film vorwärts. Der Tag verabschiedete sich. Es wurde schwarze Nacht. Eine klare Nacht wo fremde Sterne wie Diamanten funkelten.

Die Nacht würde enden. Es würde wieder Tag werden.
Heller Tag mit blauem Himmel
Mit Max und Allem was man sonst noch brauchte

Ende

Danksagungen

Ich danke allen, die mich unterstützt haben...
die mich beraten...
die Geduld mit mir haben...
die verstehen, dass mir oft die Zeit fehlt...
Und – die geholfen haben, dass das Buch
Wirklichkeit wurde.
Etwas zum Anfassen

Und natürlich allen Lesern und Leserinnen
Ich hoffe, dass Sie Spaß beim Lesen hatten

Speziellen Dank an Inge
aber auch an Keshia und Fabi – ohne die Beiden
wäre das Ende ein anderes gewesen...